BIBLIOTHÈQUE DES ÉCOLES CHRÉTIENNES
3e SÉRIE

HUIT JOURS
DE PLUIE

NOUVEAUX CONTES MORAUX

À L'USAGE DE LA JEUNESSE

PAR

Mme Th. MIDY

AUTEUR DE PLUSIEURS OUVRAGES D'ÉDUCATION

TOURS

Ad MAME ET Cie, IMPRIMEURS-LIBRAIRES

BIBLIOTHÈQUE

DES

ÉCOLES CHRÉTIENNES

APPROUVÉE

PAR S. ÉM. Mᴳᴿ LE CARDINAL ARCHEVÊQUE DE TOURS

3ᵉ SÉRIE.

Que le Ciel me protége... je ne m'en déssaisirai qu'avec
la vie !

HUIT JOURS
DE PLUIE

NOUVEAUX CONTES MORAUX

A L'USAGE DE LA JEUNESSE

PAR

Mme Th. MIDY

AUTEUR DE PLUSIEURS OUVRAGES D'ÉDUCATION

NOUVELLE ÉDITION

TOURS

Ad MAME ET Cie, IMPRIMEURS-LIBRAIRES

1859
1858

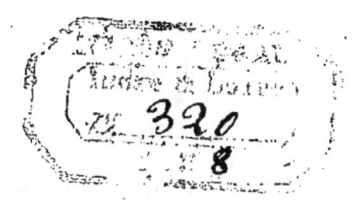

INTRODUCTION

—

C'était en septembre 1836; huit heures
du soir allaient sonner, et l'un des plus
beaux jours de la saison venait de faire place
à la nuit la plus étoilée, au clair de lune
le plus magnifique. Dans le jardin de l'un
des meilleurs pensionnats de Paris, deux
jeunes filles se promenaient en se donnant
le bras, tandis qu'une troisième qui, par
sa taille comme par son âge, appartenait
encore à l'enfance, marchait devant elles
d'un air pensif et presque chagrin.

« Eh bien ! ma pauvre Juliette, tu ne

prends donc pas ton parti ? dit une voix harmonieuse et tendre qui s'adressait à la petite rêveuse : tu ne cours plus, tu ne ris plus, tu ne parles plus; je ne te reconnais pas. »

Juliette s'arrêta et se mit à pleurer : « Ah ! si j'étais bien sûre que maman se portât bien, dit-elle, je me consolerais de nos vacances perdues. »

On était arrivé au bout de l'allée de tilleuls : un banc circulaire la terminait; on s'y assit, et la jeune fille qui avait déjà parlé attira doucement l'enfant dans ses bras, puis la baisant au front: « Tu ne te souviens donc plus du proverbe, ma sœur : Pas de nouvelles, bonnes nouvelles. Maman va revenir demain, j'en suis certaine, sans quoi elle nous eût écrit hier.

— Ah ! ma chère Clarence, comme le proverbe a menti pour moi! » dit la troisième jeune fille nommée Célestine, en jetant un triste coup d'œil sur sa robe de deuil.

Clarence lui pressa la main en l'embrassant avec effusion; pour Juliette, elle lui passa le bras autour du cou, et trouvant dans son jeune cœur ce qu'il fallait lui dire : « Pauvre Célestine, fit-elle, tu n'as jamais été embrassée par ta mère; tu as perdu ton père dans la guerre d'Afrique; et c'est un grand malheur; mais ta grand'mère te reste, au moins, et elle est si bonne, ta grand'mère! Je voudrais bien avoir la mienne, moi.

— Enfin, reprit Clarence pour changer la direction des idées, le fait est que rien n'est moins gai qu'une pension pendant les vacances; heureusement que nous n'avons plus qu'une semaine à passer, et nous reprendrons nos études.

— Tu disais tout à l'heure que maman

reviendra demain, répliqua Juliette; tu vois donc bien que tu n'y comptes pas! » Un coup frappé à la porte d'entrée vint retentir au cœur de la petite fille. « Ah! c'est maman, j'en suis sûre, s'écria-t-elle en frappant dans ses mains, et tu avais raison, ma sœur. »

Effectivement c'était Mme de Livry, qui, revenant après trois mois d'absence, n'avait pas voulu remettre sa visite au lendemain, et qui, s'avançant à grands pas vers le petit groupe, serra les trois jeunes filles sur son sein; car elle était liée d'une étroite amitié avec Mme de Nogues, grand'mère de Célestine, qu'elle aimait aussi de toute son âme.

« Eh bien! maman, dit Juliette après que les premiers transports furent apaisés, papa a-t-il enfin gagné son procès, et me donneras-tu ce que tu m'as promis?

— Je t'ai promis de faire ce que tu me demanderais, et je suis prête à tenir ma parole; le procès est gagné.

— Oh! quel bonheur! s'écria Juliette, car nous allons sans doute partir demain pour Villeneuve-Saint-Georges, maman? Et je vais retrouver ma chambre que j'aime tant, et le vieux jardinier, et la mère Babet! Quel bonheur!

— Et quel bonheur aussi pour moi! reprit Clarence avec tendresse, je ne vais pas te quitter de huit jours! »

Mme de Livry regarda Clarence d'un air plein d'affection; puis, se tournant vers Juliette : « Et ta demande, quelle est-elle?

— Je te dirai cela plus tard, répondit la petite, je ne suis pas encore tout à fait décidée.

— A demain, dit la mère en entendant la cloche qui annonçait l'heure du repos; peu après l'Angélus je viendrai vous chercher; soyez prêtes surtout, mes chères enfants : vous m'entendez, ma bonne Célestine?

— Oh! Madame, dit celle-ci en prenant vivement la main de Mme de Livry et en la portant à ses lèvres, ne m'avez-vous pas habituée à vos témoignages d'affection? et n'êtes-vous pas pour moi presque une mère? »

Au reste, la recommandation de Mme de Livry en ce qui touchait l'exactitude pour le lendemain, était une chose bien inutile; Clarence avait revu sa mère, elle allait retrouver ses oiseaux, ses fleurs, sa basse-cour, les ombrages touffus qui avaient abrité sa première enfance; il y avait là de quoi l'éveiller de bonne heure.

Célestine jouissait d'avance de se retrouver encore à la campagne où elle s'était tant amusée déjà, auprès de ses jeunes amies et de sa bonne maman tout à la fois; car Mme de Nogues était du voyage.

Pour la petite Juliette, elle prétendait qu'elle ne dormirait pas; qu'il en était toujours ainsi la veille des bons jours; qu'elle allait penser au lendemain pendant toute la nuit, et mille autres choses semblables; ce qui n'empêcha pas que la petite fille, tout en babillant de la sorte, ne s'endormît du plus profond sommeil.

Exacte au rendez-vous, Mme de Livry entrait le lendemain dans la cour avant huit heures, et les jeunes filles, ayant pris congé promptement, s'élancèrent auprès d'elle dans une voiture qui partit au galop. Clarence alors s'informa de son frère; il devait venir de son côté, servant de chevalier à Mme de Nogues, qui l'avait exigé, afin que ses préparatifs ne retardassent pas le départ.

Sans doute elle fut activement secondée

par son jeune compagnon de route et par Justine, car la voiture qui les emmena arrivait, une demi-heure après l'autre, dans la maison de Villeneuve-Saint-Georges appartenant à M. de Livry.

A peine réunis, on se mit à table; on s'était bien embrassé, bien réjoui de se trouver en famille; l'heure des projets était venue, et Dieu sait combien on en fit.

Edmond et Juliette voulaient qu'on allât à l'instant louer pour huit jours tout ce qu'il y avait d'ânes dans le pays; et de plus ils prièrent fort instamment leur mère de retenir un ou plusieurs bateaux avec autant de bateliers, afin de n'en pas manquer; car tous deux ne rêvaient que promenades sur l'eau.

Célestine désirait revoir un petit chalet où elle avait logé tout un été avec son pauvre père qui n'était plus; mais elle craignait que la forêt de Sénart ne fût trop loin, et c'était là que ses souvenirs l'appelaient. Quant à Clarence, se promettant de partager les plaisirs de chacun, ce qu'elle souhaitait pardessus toutes choses, c'était de jardiner, d'arroser, de faire la récolte des fruits d'hiver.

La bonne vieille aussi faisait ses projets. De petites promenades au soleil, devant le parterre; de petites causeries avec ses hôtes à l'heure des repas; de petits sommes dans un grand fauteuil qui semblait fait exprès pour elle, et sur lequel elle avait jeté son dévolu à cause de son apparence respectable : telle était la part que se réservait Mme de Nogues parmi la joie qui l'entourait.

Enfin chacun se félicitait d'avoir huit grands jours pour s'amuser, lorsque tout à coup le ciel s'obscurcit tellement, qu'on se trouva presque dans les ténèbres.

Toute cette jeunesse alors se leva et courut contempler, près d'une fenêtre ouverte sur la Seine, les nuages qui s'amoncelaient en accourant des bouts de l'horizon.

L'anxiété était dans tous les yeux; pourtant on cherchait à se donner mutuellement des espérances qu'on n'avait pas; et puis il y eut un instant où, le soleil perçant les nuages, on se crut sauvé: vain espoir! c'était un adieu; et l'astre disparut sous un déluge de pluie à travers lequel on ne pouvait distinguer ni les arbres du parc, ni les rives de la Seine, ni le ciel, ni la terre, rien en un mot.

« Miséricorde! quel temps! dit la grand'-mère; je ne me souviens pas d'avoir vu une semblable pluie depuis que je me connais! »

Une heure se passa dans la consternation, puis on essaya de jouer aux dames, aux dominos, aux cartes, aux échecs, à tous les jeux qu'on avait sous la main; mais l'inquiétude générale se faisait jour sous ce simulacre de plaisir ; ou, pour mieux dire, on n'en goûtait aucun : c'étaient bien là sans doute les jeux de tous les jours ; mais quelle déception après ce qu'on s'était promis ! Cet avenir de huit jours pleins sur lequel on avait compté, faisait tort au présent, quelque doux qu'il pût être : le rêve tuait la réalité.

Vers le soir la pluie redoubla. « Mon Dieu ! s'écria Juliette, pourvu qu'il fasse beau demain !

— Encore si nous avions apporté quelque ouvrage, dit Célestine.

— Ou si la bibliothèque de maman était ici, dit Clarence.

— Je vous dirais une belle histoire du temps de la chevalerie, s'écria Edmond.

— Ou bien un vieux roman de l'ancien temps, dit la vieille dame en plongeant ses doigts dans sa tabatière; j'ai toujours été folle de romans, moi. »

Juliette la regarda d'un air fort étonné.

« Les demoiselles ne lisent point de romans, dit-elle, et cette lecture est très-défendue à la pension. »

Le lendemain, chacun se rendit au salon de bonne heure, et le plaisir qu'on se promettait fut tel, que la pluie fine et serrée qui tombait alors, et qui semblait devoir durer toute la journée, n'eut sur personne une fâcheuse influence.

Edmond s'était établi près d'une table, avec crayons, papier, règle et compas.

Les jeunes filles avaient préparé pour elles et pour la conteuse plusieurs ouvrages à l'aiguille.

Juliette s'était emparée d'une tapisserie oubliée au fond d'une armoire.

Il n'y avait pas jusqu'à la grand'mère

qui, ayant pris possession d'un tricot, ne s'escrimât de façon à faire penser que la besogne allait se finir comme par enchantement sous ses doigts ridés.

Voyant ainsi tout le monde disposé, et le silence bien rétabli, la vieille dame, ayant promené sur son auditoire attentif un regard de satisfaction, donna la parole à Edmond, qui, tirant de sa poche un petit manuscrit, en commença la lecture ainsi qu'il suit.

UNE PROMENADE

DANS LA COUR DU LOUVRE

———•◆•———

Je dois vous dire d'abord qu'il y a toujours eu une grande disparate dans ma
famille: ainsi, mon arrière-grand-père était
un savant naturaliste; mon aïeul a été
l'une des lumières du barreau de Paris ;
mon père est mort chef de bataillon, après
avoir fait toutes les campagnes de l'Empire ;
et moi j'ai l'honneur d'être peintre à l'heure
où je vous parle, peintre de genre et de
portraits, tout à votre service, ayant exposé
pour la sixième fois cette année, ce qui m'a
valu une médaille de troisième classe, sans
doute parce qu'il n'y en a pas de quatrième;

d'après cela, la modestie ayant toujours été ma vertu dominante; vous comprendrez que, quant à mon nom, je ne suis fier que d'une chose, c'est de le porter après mon père et mes grands-pères.

« Ce fut ainsi, dit Edmond de Livry en regardant son auditoire, que s'exprima le jeune parent de Mme de Clairval, le héros de cette aventure, Valentin Léonard.

— Très-bien, mon chevalier, dit la bonne aïeule de Célestine, continuez dans ce goût-là; avec ces gestes, cet accent, il me semble l'entendre, ce cher Valentin. »

Edmond reprit ainsi :

Lancé depuis mon enfance dans la carrière des arts, petit à petit et tout naturellement j'ai perdu de vue les relations que s'était faites mon père, ses vieux amis, ses bons camarades, qui n'ont pas tous été abandonnés par moi, mais dont le plus grand nombre est allé le rejoindre.

Un seul entre tous, un enfant de troupe qui faisait partie du régiment où mon père devint capitaine en 1807, et qui depuis lors l'avait suivi dans toutes ses campagnes, s'est tellement attaché à moi, que jamais le brave homme ne peut passer une semaine sans me voir; en revanche, sa probité, sa simplicité de cœur, sa bonne conduite et surtout le souvenir plein d'affection qu'il a voué à la mémoire de mon père, ont valu à Ambroise toute ma sympathie. Aussi, lorsqu'il arrive que la matinée du lundi s'écoule sans m'amener la visite de mon vieux sergent, je me sens mal à l'aise; je tourne dans mon atelier comme si j'avais perdu quelque chose; je tire vingt fois ma montre en une heure: bref, je m'ennuie; car si vous voulez que je vous le dise, j'aime Ambroise de toute mon âme; j'aime à voir cette bonne figure qui, dans sa plus rude expression de sévérité, ne ferait pas peur même à un enfant; j'aime à entendre son rire franc et sonore lorsqu'il raconte une histoire de garnison; mais j'aime surtout à l'entendre parler de mon père, quand il me dit, avec

cette énergie qui lui est propre, combien il
était plein de bravoure en face du danger,
d'humanité vis-à-vis des vaincus, de vraie
bonté pour le soldat placé sous ses ordres;
enfin quand il me raconte une foule d'ac-
tions de ce digne père que le vieux sergent
tient enregistrées dans son cœur, et qui
jamais n'en sortent sans être accompagnées
d'une larme. — Il est résulté de tout cela
un échange de bons offices entre nous.
— Si j'ai besoin de peindre un vieux trou-
pier, Ambroise retrousse sa moustache d'un
air martial et me donne la pose qu'il me
faut. Si j'ai...

En cet endroit de son récit Edmond s'in-
terrompit pour regarder la petite-fille de
Mme de Nogues, dont le visage était baigné
de larmes.

« Ah! mon Dieu! Célestine qui pleure!
mais pourquoi donc? quel mal subit?...
s'écria-t-il.

— Ce n'est rien, dit Clarence, à laquelle
sa jeune compagne tendit la main: ce sont

de cruels souvenirs qui se réveillent dans son âme; mais ils ne sont pas sans douceur pourtant, n'est-ce pas, chère Célestine ? »

Célestine se pencha sur l'épaule de Clarence, qui l'embrassa comme eût fait une sœur, tandis que Mme de Nogues les regardait d'un œil attendri. Pendant ce temps Juliette s'approcha d'Edmond : « Continue ton histoire, lui dit-elle tout bas, et si tu dois encore parler de ce brave officier qui était le père de Valentin, passe vite à cause de Célestine, car c'est pour cela qu'elle pleure; l'éloge de M. Léonard fait par ton vieux sergent lui a paru être celui de son père, le pauvre homme! que les Bédouins ont tué l'an passé. »

Edmond reprit ainsi l'histoire de Valentin : Si j'ai besoin d'un mendiant aveugle implorant la pitié publique, Ambroise ferme les yeux, et j'ai devant moi un nouveau Bélisaire, presque aussi beau que l'ancien, car sa physionomie porte le caractère de la grandeur avec celui de la bonté. Moi, je lui

donne du tabac avec une pipe. Une autre
fois, c'est un fichu que j'offre à sa vieille
mère, ou bien quelques mouchoirs, ou bien
encore un coupon d'étoffe qui doit remplacer
sa robe la plus usée; pour de l'argent, c'est
autre chose, et si j'ai pu lui en faire accepter
par hasard, ce n'a été qu'à titre de prêt,
car mon vieil ami est aussi fier qu'il est
entêté, et pour rien au monde il ne veut
recevoir d'argent; il appelle cela tendre la
main.

Cette délicatesse m'a conduit bien souvent
chez la bonne mère Ambroise, à laquelle
j'ai remis, sous le sceau du secret, de petites sommes que j'eusse voulu offrir plus
grosses. Malgré ce peu que je faisais, malgré la croix d'honneur d'Ambroise, qui lui
vaut par année 250 francs, malgré une pension de même valeur que possède la vieille
femme, la gêne la plus grande s'est intro-
duite depuis longtemps dans le ménage du
soldat; en sorte que j'ai dû lui demander
s'il voulait se faire une ressource de poser

pour les artistes. Ambroise ne méprise personne; mais il croirait humilier sa croix s'il usait d'un pareil moyen.

Je lui ai marqué de l'étonnement de ce qu'il n'a pas cherché à se faire recevoir aux Invalides. « Vous avez bien raison de croire que c'est là ce qu'il me faudrait, m'a-t-il dit; mais que voulez-vous? ajouta-t-il en souriant avec tristesse, ils ne m'ont pas trouvé de blessures assez graves. Oh ! si j'avais seulement un bras ou une jambe de moins, quel bonheur pour moi ! »

A force de chercher, une bonne idée me vint.

« Voudriez-vous être gardien au Musée? dis-je à Ambroise ces temps derniers.

— Je le crois bien, répondit le brave homme, et il faudrait être diantrement dégoûté pour ne pas vouloir! Mais pourquoi me demandez-vous cela? Est-ce que vous en avez une à votre disposition, de ces places-là?

— Non, et je ne sais pas même au juste

de qui elles dépendent ; mais, si cela vous va, je m'en informerai, et je ferai toutes les démarches, et de bon cœur encore, mon vieil Ambroise, » ajoutai-je en prenant une de ses mains, que je serrai dans les miennes.

Ambroise alors me regarda avec des yeux où brillait l'espérance. « Allons, voilà qui est dit, s'écria-t-il, je suis gardien !

— Pas encore ; mais enfin, si cela ne dépend que de beaucoup de bonne volonté et d'un peu de peine, nous y arriverons.

— Qui est-ce qui en doute? dit le sergent : est-ce qu'on peut vous refuser quelque chose, à vous? Ah ! ça ne serait pas moi, toujours ! »

Dès le lendemain je me suis mis en campagne ; beaucoup de postulants étaient inscrits ; mais on me fit entendre que de fortes recommandations pourraient valoir à mon protégé un tour de faveur, et qu'une fois sur cinq il en était ainsi.

Au reste, la place dépendait du gouverneur du Louvre, et j'avais déjà réuni cinq

ou six chaudes apostilles qui formaient un
encadrement autour de la pétition que je lui
adressais; il ne s'agissait plus que de la lui
faire tenir, et comme j'avais résolu de la
lui présenter moi-même, une fois le matin et
une fois le soir en m'en revenant du Musée, où
je copiais un Teniers, je me présentai chez
le gouverneur, et je demandai à lui parler.

La première fois il était au conseil; un
autre jour n'était pas celui où il recevait;
le lendemain matin il n'était pas levé; le
soir ce n'était pas son heure. Toute une semaine se passa ainsi; seulement le domes-
tique auquel je m'adressai, voyant mon
assiduité, voulut bien me conseiller *en ami*
de demander une audience, que peut-être
j'obtiendrais.

Reconnaissant de cet avis, mais un peu
démonté par tant d'obstacles, je m'en revins
chez moi de fort mauvaise humeur, et je
me jetai dans un fauteuil dont les bras
m'étaient toujours ouverts aux jours né-
fastes de ma vie.

Petit à petit le calme de mon atelier, passant jusqu'à mon cœur, vint en chasser les noires vapeurs qui le remplissaient, et j'eus avec moi-même cette conversation :

« Ah çà, dis donc! est-ce que tu espérais réussir tout de suite, que tu te décourages ainsi au premier essai?

— Tu en parles bien à ton aise, et je voudrais bien t'y voir, toi.

— Allons, voyons, un peu de persévérance, de ténacité, et tu réussiras; c'est moi qui te le promets. »

Cette promesse me rassura complétement; je me levai, je bourrai ma pipe en sifflant un air de fanfare, et m'approchant de la copie que j'avais rapportée la veille :

« Parbleu, m'écriai-je, c'est un trompe-l'œil, un véritable Teniers, avec toute sa vigueur, toute sa finesse, tout son esprit : et quelle couleur! ma foi, je puis me dire cela à moi-même, l'original n'est pas mieux. Oh! mais c'est que dans un vieux cadre que j'ai là, ce sera tout à fait ça. »

Là-dessus j'allai décrocher une emplette que j'avais faite récemment, et en un clin d'œil mon tableau se trouva encadré dans le goût de l'original.

« Parbleu, pensai-je encore, je voudrais bien savoir ce qu'en dira Giroux; pas plus tard que demain j'en aurai le cœur net, et, s'il m'en donnait un bon prix, je lui laisserais ce chef-d'œuvre, et j'irais faire une visite à la mère Ambroise, à laquelle je n'ai rien porté ce mois-ci. »

Heureux de cette bonne pensée, rempli d'un juste orgueil pour le talent que je venais de me reconnaître sans nulle contestation, je me couchai et je m'endormis profondément.

Huit heures sonnaient le lendemain comme je m'éveillais; craignant de ne plus rencontrer Giroux chez lui si je tardais, je me hâtai, et descendant au plus tôt le quartier Saint-Georges, où j'habite, je *hélai* un omnibus qui me descendit à neuf heures précises place du Carrousel.

1*

« Enfin, me dis-je alors, je vais savoir si je m'en fais accroire, ou si je me suis bien jugé. » Tout en roulant cette pensée dans mon esprit, j'entrai dans la cour du Louvre, et je me dirigeai vers la porte qui sort dans la rue du Coq.

Arrivé là, le factionnaire me repoussa durement. « On ne passe pas! dit-il; puis il ajouta : D'où venez-vous, avec *ça?* et de la main il désignait peu respectueusement le tableau que j'avais sous le bras.

— Je viens de chez moi, je vais chez Giroux, répondis-je; et si vous voulez m'y suivre des yeux, vous m'y verrez entrer.

— Tout ça m'est égal; ça ne me regarde pas, vous ne passerez pas : c'est la consigne. »

Plusieurs personnes qui s'étaient attroupées paraissaient s'amuser beaucoup de ma triste figure.

« Pourquoi m'a-t-on laissé passer là-bas, répondis-je assez en colère, si l'on ne devait pas me laisser sortir par ici? est-ce que je sais quelle est la consigne, moi? et n'est-ce pas fort agréable de voir à vingt pas la maison où l'on a affaire, sans pouvoir s'y rendre? »

Le soldat ne répondait rien, la foule s'amassant, je pris mon parti, et je retournai sur mes pas. « Vous faites bien, me dit un homme âgé, le seul qui parût prendre quelque part à mes tribulations, vous faites bien de ne pas vous obstiner ; retournez à celui qui vous a laissé entrer, il vous laissera sortir, et vous ferez le tour. »

Je remerciai mon donneur d'avis, et pressant le pas, je me trouvai face à face avec la sentinelle qui m'avait laissé entrer. J'allais tout naïvement lui raconter ma chance, lorsqu'elle s'avança en disant : « Où allez-vous, avec votre tableau? on ne passe pas, c'est la consigne.

— Mais vous m'avez laissé entrer, lui dis-je : on me refuse le passage sur la rue du Coq ; laissez-moi donc sortir par ici, je ferai le tour.

— En dedans de la cour, oui ; mais en

dehors, non, dit le soldat; et il reprit sa promenade de quinze pas.

— Mais quand je vous dis que vous m'avez laissé entrer...

— Non, dit la sentinelle, ce n'est pas vrai, je n'ai pas bougé de mon poste, vous n'êtes pas entré, et vous ne sortirez pas; passez au large, assez causé. »

L'attroupement qui s'était formé rue du Coq m'avait suivi près de la rue du Carrousel, et s'était augmenté de nouvelles recrues; tout le monde riait; mon vieux conseiller seul me regardait d'un air de pitié. « Prenez patience, me dit-il, comme je me dirigeais vers la place du Louvre; vous ne pouvez coucher dans cette cour; ainsi il faudra bien que tout cela finisse : seulement ayez soin de dire à celui-ci que c'est lui qui vous a laissé entrer; et pour réparer sa bévue, il est à croire... »

Je ne répondis rien, je n'en eus pas le temps.

« D'où venez-vous? dit l'homme au pantalon garance.

— Je viens de passer devant vous il y a tout au plus dix minutes : peut-être ne m'avez-vous pas vu ; mais comme on me refuse partout de me laisser sortir, je viens à vous ; faites-moi le plaisir...

— Il n'y a pas de plaisir, il y a une consigne, et c'est tout; » et le soldat se remit en marche, me laissant pourpre de fureur.

La mystification avait été trop loin, les rires s'arrêtèrent ; plusieurs personnes vinrent m'offrir leurs conseils, faute de mieux... Un garde municipal s'avança d'un air docte :

« Monsieur, dit-il en saluant gravement, vous tentez l'impossible, vous ne sortirez pas.

— Comment ! m'écriai-je au comble de l'exaspération, je ne sortirai pas ! est-ce que je vais établir mon domicile dans cette cour à présent ? et n'y suis-je pas déjà trop resté à faire rire un tas d'imbéciles ? Pardon, Messieurs, fis-je en me retournant vers

ceux qui m'avaient offert leurs consolations, ce n'est pas à vous que ceci s'adresse;
mais c'est qu'en vérité on n'a pas d'exemple
d'une chose pareille !

— On en a souvent, au contraire, reprit
le municipal, et M. Vernet lui-même ne
pourrait sortir un tableau du Louvre; il est
pourtant bien connu, celui-là.

— Mais vous ne voulez donc pas comprendre que je ne sors point du Louvre, moi ?
Je sors de l'omnibus qui descend de la bar-
rière Blanche et qui va à l'Odéon. Je portais
ce tableau chez Giroux; on m'a laissé entrer,
on ne veut pas me laisser sortir; voilà la
dixième fois que je raconte la chose depuis
une heure.

— Oui, j'entends bien, fit le municipal
d'un air fin, vous prétendez que vous êtes
entré, vous; mais personne ne vous recon-
naît, et d'après cela on peut douter...

— Oh! dis-je avec rage, c'est trop !
Croyez-vous donc que je sois descendu ici
en ballon ? Est-ce que je puis être entré

autrement que par une porte? Voyons, soyez raisonnable.

— A moins pourtant que ce ne soit la peur d'une punition qui empêche la sentinelle de vous reconnaître, dit le municipal ; car vous saurez qu'il y va, pour elle, de quinze jours de salle de police, si on vous a réellement laissé entrer. »

A cette déclaration je restai immobile, en pensant que la quatrième porte allait m'être fermée comme les trois autres. « Eh bien ! alors, que puis-je faire ? demandai-je au municipal ; car je commence à en avoir assez.

— Venez avec moi chez le concierge, fournissez-lui la preuve que ce tableau est de vous, et peut-être alors arriverez-vous où vous voulez en venir. »

Comme il achevait ces mots, nous entrions chez le concierge : je lui racontai mon aventure, je lui montrai ma carte du Musée et je lui déclinai mon nom.

« Voyons cela, » dit-il en avançant la main vers mon tableau.

Je lui tendis alors mon *Cabaret flamand;* malheureusement pour moi le gros concierge n'était pas un sot et connaissait les maîtres sur le bout de son doigt; aussi me regarda-t-il en fronçant le sourcil : « Mais, me dit-il, c'est un Teniers.

— Une copie, dis-je modestement.

— Une copie, une copie! répliqua-t-il en se retournant vivement de mon côté. Enfin, ce n'est pas à moi d'en juger, mais je retrouve sur votre toile toutes les qualités de l'original : le dessin, la couleur, le sentiment, jusqu'à l'air de vieillesse qu'y ont mis les années, jusqu'au vieux cadre, que je connais parfaitement. Pardon, Monsieur, car je puis me tromper, mais vous allez vous rendre chez le gouverneur. »

Je restai stupéfait.

Il y avait un côté bien vexant à ce qui m'arrivait, sans doute; mais il y en avait un si plaisant, qu'il me rendit ma belle humeur.

« Ah! je le veux bien; allons chez le gouverneur, répondis-je; vous ne vous doutez
guère du plaisir que vous me faites en m'y
conduisant. »

Le municipal me montra le chemin en
passant devant moi, et je le suivis. Chemin
faisant, j'admirais mon étoile et ce hasard
qui allait me mettre vis-à-vis de l'homme
après lequel j'avais couru depuis huit jours
sans pouvoir le joindre.

Arrivé à destination, mon conducteur
parla quelques instants à un homme de la
livrée, puis il partit en me priant d'attendre;
le gouverneur était sorti.

Parbleu! voilà qui est plaisant, me dis-je
une fois seul avec moi-même: pourvu que
j'aie ma pétition, à présent; oui, la voilà.
Tout était donc au mieux: quand je dis
tout, je me trompe fort, mon estomac souf-
frait horriblement.

Onze heures, onze heures et demie, midi,
puis midi et demi sonnèrent : jamais je n'a-
vais eu si faim; ma mine était cadavéreuse,

et, comme la glace placée devant moi me renvoyait mon image, je me fis une telle pitié, que pour ne plus me voir je me tournai le dos.

Accoudé tristement sur le bord d'une fenêtre, je repassais avec mélancolie le souvenir de tous les bons déjeuners que j'avais faits, celui de tant de gâteaux appétissants qui viennent tenter à toute heure le voyageur parisien, et dont j'aurais payé, en ce moment, une demi-douzaine le prix qu'on eût voulu.

Je ne sais si ce fut en raison de mon air souffrant et pensif, ou bien à cause de ma tournure assez distinguée, que la personne qui entra, ne pouvant croire que j'étais celui dont on venait de lui parler, s'approcha de moi, et me dit en me touchant le bras :

« Pardon, Monsieur, ne pourriez-vous me dire où est passé le jeune homme qu'on accuse d'avoir dérobé un Teniers ? »

Je me retournai prestement, et souriant

de l'air le plus agréable qu'il me fut possible
de prendre :

« Monsieur, lui répondis-je, c'est moi, et
si vous pouvez prendre ceci pour un Teniers,
peut-être aussi me prendrez-vous alors pour
un voleur. »

Le gouverneur ne jeta qu'un seul regard
sur ma copie.

« Je vous tiens pour un honnête homme,
s'écria-t-il : quels sont les sots...? » et il
n'acheva pas.

Je dois vous dire que la sûreté de son
coup d'œil et son exclamation ne me satis-
firent que médiocrement. J'aurais voulu
qu'il eût douté; mais point. Il aura lu ma
probité sur ma figure, pensai-je; l'homme
aura fait tort à l'artiste.

A sa demande, *quels sont les sots...?* je
répondis en lui racontant mon histoire; il
m'écouta avec bonté, montrant parfois du
mécontentement et parfois souriant.

« Je n'ai rien autre chose à faire, me
dit-il lorsque j'eus fini, que de vous prier

d'agréer mon regret de tout ceci. Quant au factionnaire qui a manqué à sa consigne, et qui, en vous laissant passer, vous a valu cette cruelle matinée, il doit être puni et le sera; vous m'avez dit que c'est celui de... Je ne me rappelle plus bien.

— Ni moi non plus, dis-je à mon tour, et vous me dispenserez de chercher à m'en souvenir, car j'ai une mémoire déplorable, et j'aurais peur de me tromper.

— Je vois que vous craignez d'être la cause d'un juste châtiment pour le coupable, et voilà tout.

— Si vous m'offriez un dédommagement, peut-être l'accepterais-je; mais une vengeance, à quoi cela peut-il servir?

— Expliquez-vous, » répliqua le gouverneur d'un air étonné.

Pour faire cesser son étonnement, je m'empressai de mettre sous ses yeux ma pétition toute grande ouverte, et je lui présentai ma carte du Musée, laquelle allait lui dire mon nom.

Il parcourut la première avec vitesse.

Et puis, passant à la seconde : « Vous êtes... monsieur Valentin ? » me dit-il.

Je m'inclinai.

« Celui qui a obtenu une médaille de troisième classe cette année ?...

— Celui-là même, dis-je en devenant rouge comme du feu.

— Et qui en méritez une première, faute de mieux ?

— Vous êtes trop bon, balbutiai-je, » et je pensais que cela réparerait la promptitude du jugement qu'il avait porté sur ma copie, et son exclamation : *Quels sont les sots...?*

« Est-ce que par hasard vous seriez le fils de M. Léonard, qui fut promu au grade de chef de bataillon en 1810, officier de la Légion d'honneur en 1812, et qui a quitté le service en 1815 ?

— J'ai cet avantage.

— Et qu'est devenu votre père, mon ancien compagnon d'armes, j'oserais presque dire mon ami ?

2

—Je l'ai perdu il y a cinq ans.

— Pauvre Léonard ! comme nous mourons tous, nous autres de l'Empire ! c'est effrayant ! »

Ces mots furent dits à demi-voix ; puis après, celui qui les avait prononcés me tendit la main.

« Je ne puis rien pour vous, dit-il, et le Ciel même ne peut avoir grand'chose de plus à vous accorder ; car vous portez un nom honorable entre tous, et vous avez acquis un talent qui vous vaudra, si je ne me trompe, la gloire et la fortune. Quant à votre cœur, il est comme celui de votre excellent père, bienveillant, dévoué, sensible. »

Je fis un mouvement comme pour repousser ses louanges.

« C'est à votre père que je pense, ajouta-t-il : mais je suis sûr que vous lui ressemblez, et c'est à cause de cela que je vais vous donner la place que vous me demandez, elle en sera plus chère au vieux sergent. »

Ivre de joie, je remerciai le gouverneur avec toute la chaleur dont mon âme est capable, et je me préparai à sortir.

« Et votre toile que vous oubliez, me dit-il : est-ce que vous prétendez m'en faire cadeau, par hasard ? »

Il y avait tant de grâce et tant de bonté dans cette demande, après ce qui s'était passé, que les larmes m'en vinrent aux yeux.

« Vous me comblez, lui répondis-je.

— Non, mais je voudrais vous faire oublier cette ennuyeuse matinée; ainsi, venez me voir souvent, et je ferai tous mes efforts...

— Vous n'y parviendrez pas, lui dis-je en prenant congé, et plus je vous verrai, plus je me souviendrai avec bonheur de ce jour où, grâce à la mémoire de mon père, vous avez assuré le pain et l'avenir de mon pauvre Ambroise. »

« O mon frère ! que je t'embrasse !

s'écria Juliette en se jetant au cou d'Edmond ; tu nous as lu cela si bien, si bien, que j'en ai pleuré et ri à la fois. Voilà les histoires que j'aime, moi, surtout lorsqu'elles finissent bien.

— Bravo ! mon chevalier, dit Mme de Nogues ; venez ici qu'on vous embrasse ; votre histoire est fort amusante, et vous nous l'avez bien lue. »

L'heure du dîner qui sonnait vint couper court aux compliments qui allaient tomber sur Edmond. Le temps, auquel on n'avait pas pris garde depuis la rentrée du jardin, était plus affreux que jamais ; en sorte qu'après le repas il fallut rester au salon, tout espoir de se promener étant perdu. On tira donc de la table de jeu les dominos, les cartes, les casse-tête chinois. On fit mine d'organiser une partie de dames à laquelle on tâcha de s'intéresser ; mais chacun pensait à part soi que c'était un plaisir bien fade que celui du jeu, auprès de cette douce préoccupation, de ce tendre intérêt qu'on avait ressenti en écoutant le récit d'Edmond.

Une demi-heure pourtant s'était ainsi passée, pendant laquelle Juliette avait déjà dix fois regardé la pendule; enfin elle ne put maîtriser davantage l'expression de son regret, qui renfermait aussi celle de ses désirs.

« Ah! s'écria-t-elle tout en posant sur la table un double blanc qui lui assurait le gain d'une partie de dominos, ah! quel malheur de ne pouvoir toujours raconter des histoires! je laisserais bien là les plus beaux jeux du monde pour les entendre, et je croirais faire un bon marché encore.

— Et pourquoi ma chère Mathilde ne nous en chercherait-elle pas une dans ses souvenirs? dit l'aïeule de Célestine en s'adressant à Mme de Livry; car je vois bien que Juliette est l'interprète de l'*honorable* compagnie.

— Oh! voilà Mme de Nogues qui finit son discours comme on finit ceux de la chambre des députés, dit Edmond en riant.

— Dois-je reprendre ma broderie, chère maman, ou continuer ma partie de dames? demanda Clarence à sa mère.

— Mais je ne sais pas, moi, si ta proposition est agréable à Célestine, qui tient peut-être à la finir, cette partie?

— Qui? moi? dit Célestine en mêlant tout le jeu; ah! c'est bien volontiers que je la quitte, car ma tête est ailleurs; et depuis que je suis devant le damier, je n'ai fait autre chose que de penser au pauvre Ambroise, et je ne puis combiner un seul coup. »

Toutes les parties étant ainsi interrompues, Juliette se hâta d'aller prendre sa tapisserie; puis, s'asseyant auprès de Mme de Nogues et regardant sa mère avec le doux sourire qui lui était habituel: « Quand tu voudras commencer, lui dit-elle, nous écoutons. »

Edmond avait repris ses papiers, son crayon; l'aïeule s'était remise à son tricot; les deux jeunes amies, imitant Juliette,

tiraient l'aiguille avec une agilité merveil-
leuse.

Il n'y avait plus à reculer; aussi Mme de
Livry, après avoir jeté un coup d'œil cares-
sant sur son auditoire, prit elle-même un
travail commencé la veille, et se mit à conter l'histoire suivante, que nous intitulerons
la Réparation, en y ajoutant des divisions
sous forme de chapitres, et en ayant soin
d'en changer les noms propres, qui sont
ceux de gens bien connus et honorables à
tous égards.

LA RÉPARATION

I

LA VEILLE D'UNE ÉCHÉANCE.

Seule dans un salon de la Chaussée-d'Antin où tout annonçait l'opulence et le bon goût, une jeune fille regardait la pendule avec un air d'anxiété que chaque instant semblait accroître.

Il y avait pourtant autour d'elle tout ce qui peut charmer les yeux : de ravissantes peintures, les fleurs les plus rares ; mais tout cela ne pouvait distraire sa pensée de l'espèce de souci qui l'obsédait. C'est que la jeune fille attendait son père, sorti en grande inquiétude pour aller s'assurer de la réalité d'une nouvelle qu'on lui avait dite, et qui, si elle se confirmait, était de nature à entraîner sa ruine.

Enfin M. Delbée rentra, et se jeta sur un fauteuil en s'écriant : « L'affreuse nouvelle n'est que trop vraie ! Mon correspondant de Hambourg a pris la fuite : nous voilà tous ruinés, ma pauvre enfant ! »

En vain Gabrielle essaya-t-elle de rendre un peu de courage à son père; le malheur qui le frappait n'était pas de ceux auxquels on peut trouver un autre remède que de l'argent. Ayant commencé ses opérations de banque avec une très-légère mise de fonds, M. Delbée avait son avenir appuyé sur le crédit que lui donnait son exactitude en affaires. Et voilà qu'il se trouvait obligé de rembourser cent vingt mille francs de billets dont la moitié se présenterait dans les vingt-quatre heures, tandis qu'il avait tout au plus en caisse le quart de ce qu'il lui fallait.

Pleurer à deux retrempe le courage, dit-on ; mais Gabrielle, quoique bien jeune, car elle venait d'atteindre quatorze ans, pensa qu'il y avait mieux à faire que de se livrer au désespoir.

« Papa, dit-elle, ne te désole pas ainsi ; mon frère et moi nous aurons du courage, et nous travaillerons avec joie pour t'aider, pour te seconder.

— Hélas ! ma pauvre enfant, que pourriez-vous ? dit le banquier ; ne sais-tu pas que si la ruine de ma maison s'opère, il nous faudra quitter nos habitudes de luxe, notre hôtel, Paris peut-être, afin d'aller chercher dans une ville éloignée des moyens d'existence ? Car pour me mettre ici, chez l'un de mes confrères, comme teneur de livres ou comme caissier, je ne m'y déciderai jamais.

— Qu'importe où tu iras ? dit doucement Gabrielle ; partout où tu seras, nous serons bien. »

Le banquier regarda sa fille avec des yeux

pleins de tendresse ; puis, après l'avoir embrassée, il se retira dans son cabinet afin d'y mettre en ordre sa comptabilité.

II

LE 1er FÉVRIER 1816.

Le lendemain était venu. Gabrielle attendait son père, qui n'était pas encore sorti de son appartement, et la pauvre petite se disait qu'il fallait qu'elle eût du courage pour deux, afin de consoler son père, puisque son frère Arthur n'était pas là. Quant à leur mère, elle était morte depuis déjà deux ans, trop tôt pour leur bonheur à tous ; et en mourant elle avait légué à sa fille le soin de diriger la maison, avec celui de la remplacer auprès de M. Delbée dans les jours de tristesse ; car c'est surtout dans ces jours-là qu'on a besoin de se sentir aimé.

Fidèle à sa mission et raisonnable avant le temps, par suite de la douleur qu'elle avait ressentie et des réflexions précoces que cette douleur lui avait inspirées, Gabrielle était devenue ce que sa mère souhaitait qu'elle fût; et, sous la surveillance d'une gouvernante habile, elle menait la maison, veillait à tout, et acquérait les talents et les connaissances que doit posséder une jeune fille bien née : aussi avons-nous vu que son père la traitait bien moins comme une enfant que comme une fille pleine de sens et de raison, puisqu'il lui parlait même des choses les plus importantes, de celles qui demandent le plus de discrétion.

Lors donc que M. Delbée fut entré dans le salon où l'attendait sa fille : « Ma pauvre Gabrielle, lui dit-il, nous sommes perdus ! cent vingt mille francs me manquent pour mes paiements de la quinzaine, et plus de la moitié de cette somme est exigible ce matin même !

— Mais, lui répondit Gabrielle, si tu parlais de tes embarras à ton ami Bréval : lui qui connaît mieux que tout autre ton activité, ta prudence, ta probité, il pourrait t'aider à sortir de ce mauvais pas.

— Oui, tu m'y fais songer, s'écria le banquier avec cet empressement que met le naufragé à s'emparer de la planche de salut ; je cours et je reviens. »

Une heure après, M. Delbée rentrait. Toute sa personne portait les marques de la plus vive agitation, et la fièvre violente qui lui imprimait une espèce de tremblement, avait couvert son front d'une vive rougeur et mis dans son regard quelque chose d'égaré.

« Mon Dieu ! qu'as-tu, papa, dit Gabrielle ; comme te voilà ému ! Est-ce que tu n'aurais pas trouvé M. Bréval ?... Mais non, continua-t-elle en y réfléchissant, une heure pour se rendre à Auteuil et pour en revenir, c'est impossible.

— Aussi n'y suis-je pas allé. Bréval n'est pas ici ; il est en Angleterre, et je l'ai su d'un de ses domestiques que j'ai rencontré sur la route. »

Gabrielle baissa la tête pour dérober à son père la vue des larmes qu'elle sentait s'échapper de ses yeux.

En ce moment, un des commis de la maison vint dire qu'un garçon de la Banque arrivait porteur de soixante-trois mille francs de traites à recevoir.

« Tenez, lui dit froidement M. Delbée, après avoir ouvert son portefeuille, dont il tira un nombre de billets égal à la somme demandée, voilà ce qu'il vous faut. » Le jeune homme une fois sorti, le banquier continua de compter ce qui lui restait.

« Ah! mon Dieu! comment as-tu fait? dit Gabrielle en regardant son père avec un mélange de joie et d'inquiétude.

— J'ai confiance en toi, lui répondit M. Delbée; mais cette fois je dois me taire, notre salut est à ce prix.

III

LA FUMÉE QUI SUIT LE FEU.

M. Delbée était aux yeux de tous un honnête homme et un bon père, chacun l'aimait et l'honorait : d'où pouvait donc venir
cette tristesse qui depuis quelque temps
obscurcissait son visage, d'ordinaire si épa-
noui ?

Sa fille Gabrielle ne devenait-elle pas
chaque jour plus charmante ? Son fils Arthur, qui était l'aîné de sa sœur de quatre
ans environ, n'était-il pas toujours l'orgueil
et l'amour de son père ?

D'où venait donc cette humeur sombre
qui poursuivait M. Delbée ? Voilà ce que
chacun se demandait.

A force de chercher, on vint à découvrir
que le jour où la fuite de son correspondant
de Hambourg avait été sue à Paris, il s'en

était allé de grand matin, sans avoir remis les fonds pour acquitter les traites qui seraient présentées le matin même. On sut de plus à n'en pouvoir douter qu'aucune rentrée d'argent n'avait été effectuée par le négociant les jours qui précédèrent le 1er février. En sorte que les uns accusaient M. Delbée d'avoir paré sa ruine avec les ressources du jeu, tandis que d'autres se communiquaient à l'oreille des soupçons sur certains faits justiciables des tribunaux.

Cependant, quand on fut las de parler, on se tut. Mais le temps ne fit pas son effet ordinaire sur M. Delbée; un souvenir importun paraissait l'obséder, le poursuivre en tous lieux, et les ombres qu'un mauvais sort attachait à son front furent un sujet de craintes sans cesse renaissantes pour Gabrielle, qui ne recouvra pas la confiance de son père.

IV

LE TROUSSEAU DE LA MARIÉE.

L'année 1820 commençait. Quatre ans s'étaient écoulés depuis le jour où M. Delbée avait trouvé cette ressource inattendue dont il avait usé si heureusement pour se tirer du plus périlleux embarras.

Depuis ce temps tout lui avait souri, les bonnes opérations s'étaient, pour ainsi dire, jetées au-devant de lui, et sa fortune s'était tellement accrue, que Mlle Delbée en se mariant devait avoir une dot de cent cinquante mille francs.

L'époux une fois accepté par le père, agréé par la fille, on ne s'occupa plus que de choisir les ajustements, d'acheter le trousseau et d'en faire confectionner une partie sous les yeux de la jeune future, qui l'avait souhaité ainsi.

L'union de Mlle Delbée et de M. de Lan‑
dreville devait se faire vers le 1er juillet.
Trois mois restaient encore pour y arriver,
et certes ce n'était pas trop pour terminer
les mille et un chiffons, les élégantes futi‑
lités dont Gabrielle s'était réservé la surveil‑
lance; aussi, bien que la femme de chambre
tirât l'aiguille du matin au soir, elle avait
déclaré dix fois que rien ne serait fini en
temps utile.

« Ma chère enfant, j'ai un vrai cadeau à
vous faire, vint dire un jour à Mlle Delbée
une des amies de la maison; ce cadeau, c'est
une jeune fille douce comme un agneau,
habile comme une fée, très-bien élevée,
parlant fort peu des autres et jamais d'elle‑
même, qui travaillera pour vous, si vous
voulez, comme elle a travaillé pour moi. »

Il n'en fallait pas tant pour qu'on admît
Hélène chez le banquier; en sorte que le len‑
demain la vit bien installée dans l'apparte‑
ment de Gabrielle, cousant, bâtissant, chan‑
geant même avec une complaisance remar‑

quable les collerettes, les guimpes, les fichus
de toute sorte auxquels son bon goût natu-
rel venait prêter une forme toujours pleine
de grâce et d'élégance. D'ailleurs, rien de
commun dans les manières, une patience
sans servilité, un extérieur décent, modeste,
qui semblait fait pour lui gagner les cœurs.
Telle était la jeune ouvrière que le hasard
venait d'introduire auprès de Mlle Delbée.

Lorsque arriva l'heure du dîner, le premier jour, Hélène parut mal à son aise, une
légère rougeur se montra sur sa joue; et
comme naturellement on ne la fit pas appe-
ler, elle en augura qu'on la ferait manger à
l'office. Cela devait arriver en effet; mais
lorsque le moment en fut venu, elle refusa
doucement, sans hauteur, et donnant seulement pour raison que, mal portante depuis longtemps, elle avait dû se soumettre
à un régime et prenait ses repas chez elle,
ce qui ne pouvait du reste la déranger beaucoup, puisqu'elle logeait dans une rue voi-
sine.

Instruite de ce détail, Mlle Delbée pensa que cela devait être une singularité chez Hélène. Mais en réfléchissant à cette nature si fort au-dessus du vulgaire, et si impressionnable qu'un mot la faisait pâlir ou rougir, elle devina la vérité, et se sentit intérieurement satisfaite du sentiment des convenances et du respect d'elle-même qu'Hélène avait montrés en tout ceci.

Heureuse d'avoir à s'occuper des préparatifs d'un hymen selon son cœur et selon les vœux de son père, attirée par le charme de cette douceur infinie qui se répandait comme un parfum autour d'Hélène, Gabrielle restait souvent des journées entières à travailler près d'elle.

Arthur, voyant cela, plaisantait sa sœur sur cet amour subit du travail qui lui était venu ; et, comme c'est le privilége des frères de taquiner leurs sœurs, il lui disait, afin de ne pas déroger à cette louable habitude, qu'elle avait sans doute peur de voir son mariage reculé, et qu'elle ne se hâtait si

fort que pour ne pas donner le moindre prétexte de retard.

Gabrielle, rieuse et folâtre, fuyait devant
Arthur afin de ne pas l'entendre ; mais il la
poursuivait jusque dans sa chambre, inter-
dite à tout autre qu'à lui ; et une fois qu'il
était là, si sa sœur lui permettait d'y rester
quelque peu, c'était à la condition qu'il serait plus sage, plus réservé.

« Ah ! dit Juliette, à laquelle un trop long
silence pesait un peu, il paraît que tous les
frères sont de même ; car Edmond nous fait
enrager bien souvent aussi, Clarence et moi.
Mais sais-tu à quoi je pensais, maman ?
c'est que le père de Gabrielle aura fait quelque mauvais coup, puisqu'il n'ose pas dire
d'où lui vient son argent.

— Dieu veuille que non ! reprit vivement
Célestine ; car ce doit être bien affreux
d'avoir à rougir de son père. Mais Juliette
se trompe, n'est-ce pas, Madame ?

— C'est ce que vous saurez demain, dit

Mme de Livry; car, pour ce soir, il se fait
tard, et Mme de Nogues me paraît avoir besoin de repos. »

Le lendemain, le temps ayant paru s'é-
claircir, toutes les idées se tournèrent, au
réveil, vers la promenade, excepté celles de
Mme de Nogues, qui prétendait que ce n'était
qu'un leurre, et qui d'ailleurs, sentant que
son grand âge et sa lenteur eussent entravé
cette folâtre jeunesse, voulut rester à la
maison. En vain lui offrit-on, les avenues
du parc s'étant un peu séchées pendant la
nuit, de ne pas dépasser cette limite, l'aïeule
de Célestine fut inexorable, et ne voulut
pas bouger de son vieux fauteuil. Alors Clarence s'en alla dire quelques mots à sa mère ;
puis, s'approchant de Mme de Nogues :

« Voulez-vous me permettre de rester
près de vous? dit-elle, et ne vous serai-je
pas importune ?

— Importune ! ma chère enfant, dit
Mme de Nogues d'un ton charmé, vous ne
le pensez pas ; mais moi je crains que vous

ne regrettiez la promenade; car je suis une triste compagnie pour une personne de votre âge, et la politesse seule...

— Ah! vous auriez grand tort de faire à ma politesse les honneurs de ce qui vient de mon affection pour vous, Madame, dit Clarence.

— Voilà qui est dit, chère Mathilde; Clarence m'offre de rester avec moi, et j'accepte le sacrifice que me fait ta fille : la vieillesse est égoïste, et je ne me sens pas le courage de refuser son agréable et douce compagnie. »

La troupe joyeuse une fois partie sous la direction de Mme de Livry, la jeune fille prit son travail et s'établit auprès de Mme de Nogues, qui tenait déjà son tricot... et les heures s'écoulèrent. — La vieille dame avait une conversation si aimable, que Clarence n'eut pas à regretter le plaisir de la promenade. Sa mémoire était ornée d'histoires et d'anecdotes. Comme elle finissait d'en raconter une, Mme de Livry entra précédée de

Célestine, qui portait un énorme bouquet de bruyère; de Juliette, qui tenait serré contre elle-même, comme une mère tient son enfant, un nid plein de jeunes oiseaux; et d'Edmond, qui rapportait triomphalement une brassée de roseaux et d'autres plantes aquatiques qu'il avait coupées dans un étang voisin.

L'heure du dîner étant venue à sonner presque en même temps que leur retour, on dîna gaiement et de bon appétit. Quant à la soirée, bien que la pluie fût revenue comme pour n'en pas perdre l'habitude, on ne s'en aperçut même pas; car, tandis que Mme de Livry et Mme de Nogues faisaient une partie de piquet, jeu qu'elles aimaient beaucoup, Célestine redisait à Clarence tous les incidents de la promenade, Juliette s'occupait de ses chers nourrissons, et son frère cherchait dans un dictionnaire de botanique le nom des plantes et des fleurs qu'il avait rapportées.

Ainsi finit cette quatrième journée, pen-

2*

dant laquelle le soleil avait lui tout au plus trois heures. Quoi qu'il en fût du temps, les jours avaient passé avec une telle rapidité depuis que Mme de Livry avait quitté Paris, que pas un seul moment d'ennui ou de désœuvrement n'était venu en attrister le cours.

La matinée du cinquième jour ne laissa pas un instant de doute : la pluie était tombée toute la nuit avec une extrême violence; elle continuait tant et si fort, que c'était chose curieuse que de la voir tomber. Telle fut l'occupation des jeunes gens en attendant le déjeuner; ceux qui étaient allés se promener la veille s'en félicitaient.

Après le déjeuner, chacun reprit dans le salon sa place accoutumée; ce que voyant, Mme de Livry, qui ne put se méprendre aux regards qu'on jetait sur elle, continua l'histoire commencée l'avant-veille, au point où elle l'avait laissée.

V

LA MORT D'UN PÈRE.

Encore dix jours, et l'on allait compter un jeune couple de plus parmi les heureux de ce monde, lorsque M. Delbée fut pris d'une indisposition qui paraissait légère, et qui pourtant devait le mettre en peu de temps au tombeau.

Quelques heures avant de mourir, il voulut rester seul avec ses enfants, et leur donner à cette heure suprême tous les conseils que sa longue expérience lui suggérait; puis tirant de dessous son chevet un papier cacheté qu'il leur remit: « Mes chers enfants, dit-il d'une voix faible, là est contenu le secret qui a empoisonné ma vie. Là vous trouverez tous les détails qui sont relatifs à une.... » ici la voix du moribond sembla

moins distincte encore et plus sourde qu'au-
paravant, — « à une dette, continua-t-il, que
vous acquitterez si vous m'aimez, si la probité vous est chère. Poussé par une fatalité
cruelle, j'ai mal agi, et j'en demande pardon
à Dieu; priez-le, mes enfants, pour qu'il
me tienne compte de mes remords... répa-
rez le mal que j'ai fait, et ne maudissez
pas la mémoire d'un père qui fut coupable
par amour pour vous... » Ici la voix du
malheureux M. Delbée s'arrêta subitement :
ses yeux se fermèrent, et son front se couvrit d'une sueur glacée. Penchés sur lui,
ses deux enfants l'inondaient de larmes
amères et répétaient tous deux, en paroles
entrecoupées, que ses désirs seraient pour
eux des lois, que sa mémoire leur serait à
jamais chère et sacrée. Ces promesses sem-
blèrent réveiller le mourant. « Arthur, Gabrielle, je vous bénis! leur dit-il : et vous,
mon Dieu! ajouta l'homme repentant, en
jetant vers le ciel un dernier regard, prenez-
moi en miséricorde, à cause d'eux, de leurs

vertus, de leur... » la parole expira sur ses lèvres, et l'âme pénitente s'envola, laissant son enveloppe terrestre entre les bras de deux pauvres enfants désormais orphelins.

« Pauvres enfants ! comme tu dis, maman ; mon Dieu ! qu'elle est donc triste, ton histoire ! car je prévois toute sorte de malheurs pour Arthur et pour Gabrielle, moi qui aimerais à les voir si heureux !

— Rassure-toi, Clarence, dit Mme de Livry, leur seul malheur fut de perdre leur père.

— Ah ! Madame, c'est bien assez ! » murmura Célestine en jetant vers le ciel un long regard.

A cet accent, à ce regard, Mme de Livry s'assura que les tristes souvenirs de Célestine étaient toujours présents à son esprit ; aussi l'attira-t-elle doucement sur son sein, et l'embrassant : « Chère petite, dit-elle, Dieu dispose de nous comme il l'entend, et

votre père, qu'il a appelé à lui trop tôt
pour vous, est plus digne d'envie qu'il ne
le fut jamais sur cette terre, puisqu'il jouit
là-haut d'un bien auquel nous aspirons
tous, en attendant que les années, qui s'é-
coulent si rapidement, le réunissent à sa
fille chérie. »

Après cette petite digression, Mme de Livry reprit ainsi le fil de son récit.

VI

UNE RÉSOLUTION VERTUEUSE.

Un an se passa. Le mariage de Gabrielle
avait été ajourné jusqu'au troisième jour
après l'expiration de son deuil. La main du
temps avait adouci l'amertume des pre-
mières larmes, et amené cette résignation
religieuse qui vient nous aider à vivre après
les malheurs accomplis, après les affections
brisées et disparues.

Arthur continuait les affaires de son père. M. de Landreville, qui n'avait pas été un seul jour sans visiter sa jeune fiancée, l'aimait plus que jamais en voyant la bonté de son cœur, et quel souvenir pieux et tendre elle conservait à la mémoire de son père. Aussi pressait-il le moment qui en ferait la compagne de sa vie, celle qui devait partager ses bons et ses mauvais jours.

Pour Gabrielle, elle se laissait aimer, et, reconnaissante des regrets que donnait son futur à la perte de M. Delbée, elle lui tenait compte en son âme de toutes les larmes qu'il avait versées auprès d'elle.

Hélène aussi avait, par sa piété, par son attachement timide et reconnaissant pour Gabrielle, contribué à la distraction d'une douleur qui eût pu devenir mortelle, car la jeune ouvrière n'avait pas cessé de travailler dans la maison.

« Ma chère Hélène, dit un jour à cette dernière la future de M. de Landreville, je vous trouve changée : vous êtes souvent triste, toujours rêveuse ; ne pouvez-vous me confier ce qui vous chagrine ? et ne savez-vous pas...

— Oh ! Mademoiselle ! vous êtes trop bonne, dit Hélène en baissant les yeux.

— On ne saurait l'être assez quand il s'agit de vous, lui répliqua gracieusement Gabrielle ; mais Mme Flamant, ma gouvernante, me disait encore ce matin que jeune, distinguée comme vous l'êtes, vous aviez tort de vivre seule. Voulez-vous me rendre bien heureuse ? acceptez un gîte, un asile chez une personne que je connais, qui désire beaucoup vous avoir, et qui se chargerait de votre avenir... Mais vous ne me répondez rien ; que dois-je dire à cette personne ? parlez. »

L'idée de quitter une maison où elle vivait plus heureuse qu'elle ne l'avait été depuis qu'elle se trouvait seule et abandonnée à elle-même, vint remplir de larmes les yeux de la pauvre Hélène ; mais la raison

prenant aussitôt le dessus : « J'ai déjà réfléchi à tout cela, dit-elle; aussi ferai-je ce
que vous me conseillez ; et ce que je regret-
terai d'ailleurs, ce ne sera pas ma liberté,
croyez-le bien, ce sera vous, Mademoiselle.

— Alors vous ne regretterez donc rien,
dit en souriant Gabrielle ; car c'est ici que
vous viendrez. »

Lorsque Hélène rentra dans sa mansarde,
dont le seul luxe était une propreté exem-
plaire, elle réfléchit aux offres qui venaient
de lui être faites. Les accepter, c'était changer sa position pour une meilleure et plus
assurée ; car elle comprenait bien que les
bontés de Gabrielle allaient désormais s'at-
tacher à elle; mais cet arrangement devait
la faire vivre sous le même toit qu'Arthur,
avec lequel toute perspective de mariage
était impossible, à cause de la différence de
leur fortune.

Elle se jeta donc à genoux, et pria Dieu
d'un cœur fervent de lui envoyer le courage

nécessaire pour refuser les offres de la future
Mme de Landreville.

Hélène ne pria pas en vain; le lendemain
la vit décidée à faire son devoir.

Voulant sincèrement ce qui était bien,
l'orpheline sentit que, si elle retournait
chez Mlle Delbée, il lui serait difficile de
rester ferme dans ses refus, surtout parce
qu'elle ne pouvait lui en dire le motif. Pour
obvier à cette difficulté, voici ce qu'elle lui
écrivit :

« Mademoiselle,

« Vous êtes la seule personne qui m'ait
témoigné de l'intérêt depuis que je suis à
Paris, et j'en conserverai le souvenir jusqu'à
ma dernière heure.

« Si je n'accepte pas vos offres, croyez,
Mademoiselle, que c'est à l'accomplissement
d'un devoir que je me sacrifie, et ne me
jugez ni ingrate ni indifférente ; car vivre
auprès de vous m'eût rendue bien heureuse, et j'y dois renoncer! Vous seriez donc

injuste si vous refusiez de croire aux regrets que j'éprouve et à la vive gratitude avec laquelle je resterai votre respectueuse

« Hélène. »

Persuadée qu'un parent éloigné, quelqu'un ayant des droits à l'obéissance de la jeune ouvrière l'avait engagée à agir ainsi, Mlle Delbée ne crut pas devoir insister: elle se contenta de lui envoyer ce qui lui était dû, sans oser se permettre la moindre observation.

Quant à Arthur, il ne cessa de s'inquiéter depuis cette époque de ce que devenait Hélène, car, frêle, délicate et condamnée à une existence toute de travail, il se disait parfois que la pauvre jeune fille manquait peut-être des choses les plus nécessaires.

Enfin, poussé à bout par les instances de sa sœur, il lui avoua qu'il avait fait prendre des informations sur Hélène, et qu'on lui avait dit qu'elle était fort malade.

Cédant à la prière d'un frère chéri et au

penchant de son propre cœur, Gabrielle se rendit dès le lendemain de ce jour au logement de la jeune ouvrière. Hélène travaillait, et l'aiguille s'échappa de ses mains tremblantes lorsqu'elle vit entrer la sœur d'Arthur.

« Quoi! dit-elle, c'est vous, Mademoiselle!» et, plus d'un souvenir doux et cruel lui revenant à la mémoire, la pauvre enfant fondit en pleurs.

En regardant ce jeune visage, naguère si brillant de fraîcheur et maintenant si pâli par la fatigue et par les veillées données au travail, Gabrielle ne put trouver une seule parole pour peindre ce qu'elle éprouvait; prenant une des mains d'Hélène, elle se mit à pleurer aussi.

«Oh! dit enfin Hélène d'un ton pénétré, ne pleurez pas, je vous en prie; je ne suis pas bien, il est vrai; mais si Dieu me reprend, sera-ce donc un malheur?

— Repoussez de pareilles idées, dit enfin Gabrielle: il est d'une âme chrétienne d'espérer. Quel âge avez-vous, chère Hélène?

— Tout à l'heure dix-huit ans, l'âge auquel ma mère est morte en me donnant le jour!

— Et votre père, quand l'avez-vous perdu?

— Il y a trois mois; pendant longtemps il a lutté contre la douleur, mon pauvre père, mais enfin il a succombé.

— Et vous êtes venue seule ici; vous n'aviez donc plus de famille, pas un ami?

— Plus de famille, dit Hélène, et quant à des amis, le seul que mon vieux père m'ait laissé est un pauvre vieillard infirme, mutilé: le capitaine Humbert, qui est aux Invalides.

— Et, demanda en hésitant Mlle Delbée, vous ne possédez rien au monde qui vous vienne de vos parents?

— Oh! si fait, dit Hélène en joignant les mains, comme pour remercier le Ciel de ce qu'il lui avait conservé cette précieuse

relique... le portrait de ma mère, que j'ai
là sur mon cœur... Voyez, Mademoiselle,
comme elle était jolie! » ajouta-t-elle en
jetant un coup d'œil affectueux sur une
miniature quelle tira de son cou et qu'elle
remit à la sœur d'Arthur.

Celle-ci regarda la jeune fille d'un air
attendri; puis, reportant les yeux sur cette
image si pieusement aimée, par un mouvement qu'elle ne put contenir, elle s'écria
tout à coup : « Hé quoi! c'était là votre
mère?

— Oui, ma mère, répondit Hélène avec
un tendre orgueil; et, quelque belle qu'elle
fût, continua-t-elle en se méprenant à l'air
de surprise que montrait Gabrielle, elle
était moins charmante encore qu'elle n'était
douce et bonne, mon père me l'a dit cent
fois. »

Tandis qu'Hélène achevait ces mots,
Mlle Delbée demeurait plongée dans de profondes réflexions. « Ma chère enfant, dit-
elle enfin, une affaire m'appelle; mais si je

vous quitte, du moins je m'occuperai de vous, de votre santé, de votre avenir; espérez tout de lui, et reposez-vous sur mon attachement du soin de concilier votre bonheur avec ce qui est convenable. A demain donc. »

Et Mlle Delbée, après avoir embrassé Hélène, prit congé d'elle et sortit de la chambre.

VII

LES DEUX MÉDAILLONS.

Le lendemain, exacte à tenir sa promesse, Gabrielle Delbée entrait chez Hélène vers le milieu du jour, accompagnée d'Arthur, devant lequel Hélène baissa les yeux, sans oser les relever.

« Ma chère Hélène, dit Gabrielle, entrant tout de suite en matière, voici mon frère

Arthur qui me demandait un conseil sur une chose des plus sérieuses, une chose qui tient à l'honneur, à la probité ; et, comme deux avis valent mieux qu'un, comme votre sage retenue et une révélation qui m'a été faite m'apprennent ce qu'on peut attendre de vous en fait de raison et de délicatesse, je viens vous demander vos bons conseils. Voici ce dont il s'agit.

Par suite d'un hasard inexplicable pour nous, une somme assez forte est entrée jadis dans les mains de notre père ; cette somme l'a sauvé d'une ruine imminente, tandis que celui auquel elle appartenait légitimement s'est vu livré à toutes les humiliations qui accompagnent la misère.

Mort depuis peu, cet homme a laissé une fille jeune, charmante, et qui supporte sans se plaindre, avec courage et dignité, la pauvre enfant ! une existence sans avenir et dénuée de toutes les joies de ce monde. Il s'agit donc de savoir si mon frère ne doit pas offrir son nom, sa main et sa fortune à

la jeune fille en question, afin de la dédom-
mager, si la chose est possible, de tout ce
qu'elle a souffert, en lui rendant les biens
qui lui appartiennent, en lui donnant une
sœur, un époux, qui la chériront.

— C'est remplir un devoir que de réparer
un tort, dit Hélène d'une voix faible.

— Mais si elle ne m'aime pas, dit tristement Arthur, en quoi ce mariage ferait-il
son bonheur? »

Hélène leva les yeux, ce ne fut qu'un
éclair, et elle ne répondit rien.

« Ouvrez ceci, dit Gabrielle en lui mettant dans les mains un objet enveloppé;
c'est la restitution dont il s'agit, et vous
verrez qu'elle n'est pas sans importance. »

Alors, machinalement et comme une personne qui rêve, Hélène déchira l'enveloppe,
et ses yeux se fixèrent sur un portefeuille
marron qui, trop rempli, s'ouvrit et laissa
voir incrusté dans le maroquin un autre
médaillon semblable à celui qu'elle possédait.

« Ah! dit-elle d'un air égaré, et donnant

cours à d'abondantes larmes qui depuis longtemps pesaient sur son cœur... c'est le portefeuille de mon père! Mon père a touché
cela! dit encore la pauvre enfant, en le cou-
vrant d'autant de baisers que de larmes...
Mon père! ma mère! ayez pitié de moi!
priez pour moi!

— Hélène! dit Mlle Delbée, vous appelez
en vain les auteurs de vos jours ; nous sommes ici trois orphelins, il n'y a plus de père
ni de mère en ce monde pour vous, ni pour
nous deux, Arthur et moi; mais il y a une
jeune fille charmante, sage, résignée, à laquelle appartiennent les cent soixante mille
francs que vous tenez là dans vos mains.
Que devons-nous faire pour elle? que résoudre? comment agir?

— Et cette jeune fille... dit Hélène trem-
blante et n'osant croire à son bonheur.

— N'est-ce pas vous qui êtes Hélène Du-
vernay? répliqua Gabrielle en lui prenant
les mains, qu'elle serra tendrement; l'enfant
de ce malheureux négociant qui perdit cent

quatre mille francs, il y a neuf ans, et que toutes les recherches de mon père n'ont pu lui faire retrouver, ajouta-t-elle en rougissant : car elle se rendait coupable d'un mensonge pour la mémoire de l'homme infortuné dont elle avait vu les remords.

— O mon Dieu ! dit Hélène en joignant les mains, par quelles routes détournées nous ramenez-vous au bonheur ? »

Un mois après, Hélène, revenue à la vie et à la santé, était la femme d'Arthur, la sœur de Gabrielle, et le même jour vit unir M. de Landreville à Mlle Delbée.

Ce fut ainsi que deux enfants vertueux réparèrent la faute d'un père bien coupable sans doute, mais dont les remords avaient amené la fin prématurée.

Quant aux détails relatifs au portefeuille perdu, vous avez tous compris, j'en suis certaine, qu'Arthur et Gabrielle les avaient demandés au capitaine Humbert.

— Oh ! Madame, la jolie histoire ! dit Célestine, et combien la piété de ces pauvres

jeunes gens envers la mémoire de leur coupable père me semble une chose touchante
et naturelle en même temps !

— Elle doit vous sembler d'autant plus
vraie, ma chère, que les choses se sont
passées de la même façon que je vous l'ai
dit, reprit Mme de Livry.

— Vous avez donc connu Arthur et Gabrielle Delbée, pour savoir ainsi les détails
de cette aventure? demanda Mme de Nogues.

— Je les connais encore, je les vois tous
les jours, et c'est la jeune femme d'Arthur
qui m'a conté, les larmes aux yeux, de
quelle manière s'est fait son mariage avec
lui, qu'elle regarde avec raison comme le
plus respectueux des fils, le meilleur des
époux et le plus généreux des hommes. Au
reste, vous voyez, mes chers enfants, qu'il
y a des bonheurs qui coûtent bien cher,
puisque le père d'Hélène était mort de misère
et de désespoir par l'improbité de M. Delbée.

— Sans doute il a eu grand tort de gar-
der cet argent, dit d'un air réfléchi la petite

Juliette; pourtant ce n'était pas un vol ce qu'il a fait, n'est-ce pas, maman?

— Non, par le fait; oui, par les résultats, puisque le pauvre homme qui avait perdu son argent s'est trouvé juste dans la même position que s'il eût été volé.

— Moi, je ne ferais jamais une action comme celle-là, s'écria Edmond, et je me figure au contraire que je serais bien joyeux, bien heureux d'aller trouver des gens ruinés, désespérés, et de pouvoir leur dire : Ce que vous avez cru perdu à tout jamais, je l'ai trouvé; ainsi ne pleurez plus, car le voilà.

— Je suis certaine que tu ferais cela, dit Mme de Livry en regardant son fils, et certaine aussi que ce serait une grande joie pour toi; cela prouve la vérité de cet enseignement, qu'une bonne action porte avec elle sa récompense.....

— Et une mauvaise porte le châtiment qu'elle mérite, dit Célestine, puisque M. Delbée est mort de ses regrets et de son repentir.

— Eh bien! moi, je le plains, murmura Clarence, parce que je suis sûre que, s'il eût été seul et que la misère qu'il craignait n'eût dû atteindre que lui, sa probité première l'aurait défendu contre la tentation.

— Enfin, puisqu'il a regretté son crime, Dieu lui pardonnera sans doute, et moi je le mettrai dans ma prière de chaque soir, dit Juliette; car je pense encore, ma sœur, qu'il aurait rendu tout l'argent, sans la crainte de voir ses enfants misérables.

— Et puis, nous devons croire, répliqua Mme de Nogues pour en finir, qu'il l'eût rendu plus tard s'il eût vécu.

— Oui, mais ce plus tard eût été trop tard, dit en soupirant Célestine, puisque le pauvre père d'Hélène n'était plus. »

L'histoire de la *Réparation* avait été si longue, les réflexions qu'elle avait fait naître avaient tant duré, qu'il était minuit et demi lorsqu'elle finit. Aussi Mme de Livry se promit à elle-même d'empêcher que les veillées ne se prolongeassent les jours suivants.

Le sixième jour, il y eut comme une éclaircie dans le ciel; Mme de Livry, voulant que les enfants en profitassent, fit demander un batelier qui devait leur faire remonter la Seine jusqu'à Davreil et à Champ-Rosay.

Aussitôt qu'ils apprirent ce projet, Edmond et Juliette se mirent en quête de tout ce qui leur était utile pour pêcher; car ils connaissaient un endroit où le poisson se trouvait en abondance, et ils espéraient bien qu'une station de deux à trois heures faite en ce lieu réaliserait pour eux une nouvelle pêche miraculeuse.

Clarence et Célestine n'y allèrent pas non plus sans plaisir; pourtant il y avait au fond de leur cœur une pensée dominante qui ne leur faisait envisager cette matinée passée dehors que comme un acheminement vers la soirée, si bien remplie pour elles d'ordinaire par des histoires qui les intéressaient au plus haut degré. Quoi qu'il en fût du plus ou moins de plaisir que chaque personne en particulier se promît dans cette promenade

sur l'eau, on partit gaiement après avoir
embrassé Mme de Nogues, qui, restée seule,
devait faire des vœux pour que la jeune
troupe rapportât un beau plat de friture.

Ces vœux furent exaucés, au delà même
de ce qu'on aurait pu raisonnablement espérer; et dans le moment de l'après-midi où,
une pluie fine menaçant de tomber le reste
de la journée, l'aïeule de Célestine craignait
fort de voir la bande joyeuse revenir toute
trempée, elle fit irruption dans le salon,
Juliette en tête avec un panier rempli de
poissons.

Je vous laisse à penser si le dîner fut gai,
s'il sembla bon, si la fameuse friture y tint
une place distinguée.

Une heure après, tout le monde se trouvait réuni au salon. Par les croisées ouvertes
sur le parterre, il arrivait au milieu de notre
petite société une délicieuse odeur de roses
et de résédas, que chacun respirait avec dé-
lices. Couture, broderie, tapisserie, tricot,
s'agitaient sous ces doigts agiles et intelli-

gents, lorsqu'une nouvelle averse des plus
nourries vint interrompre la monotonie de
cette petite pluie, qui durait depuis deux
à trois heures.

« C'est bon, c'est bon, dit Juliette, tu
peux tomber tant que tu voudras maintenant, ça nous est bien égal : la pêche est
faite, frite, mangée, et maman va nous
conter une histoire ; n'est-ce pas, maman ?

— Oui, dit Mme de Livry, l'histoire de
deux sœurs de lait, celle que je vous avais
promise ; » et la bonne mère commença
ainsi :

A CHACUN SON BONHEUR

OU

LES DEUX SOEURS DE LAIT

I

LOUISE ET THÉRÈSE.

Non loin d'Orléans, et tout proche des
bords riants du Loiret, on voyait autrefois
une charmante petite villa appartenant à la
famille Sainval. C'était là que, depuis son
veuvage, se consacrant aux soins que récla-
mait l'éducation de sa fille unique, était
venue s'établir Mme de Sainval ; et c'était

là aussi que, depuis un peu plus d'un an, en 1775, elle avait marié au baron de Moncla cette fille si chère.

Heureuse de l'affection de son mari, la jeune femme remerciait le Ciel chaque jour de ce qu'en changeant d'état et de nom, elle avait pu ne pas quitter son excellente mère, ni les frais ombrages sous lesquels s'était abritée sa paisible enfance, ni Thérèse, qui l'aimait tant et qui avait été la compagne de ses jeux et la confidente discrète de tous ses innocents secrets.

Or, cette Thérèse était la fille d'un pauvre fermier; devenue de bonne heure orpheline, elle avait été recueillie par Mme de Sainval, qui, lui ayant donné une dot, l'avait mariée à l'intendant Bernard, peu de jours après que Louise de Sainval eut pris le nom de baronne de Moncla. Enfin Thérèse venait de donner le jour à une petite fille que Louise avait tenue sur les fonts du baptême et nommée Pauline, en attendant l'époque peu éloignée qui la rendrait mère à son tour, lorsque tout à coup M. de Moncla se vit obligé de partir pour l'Allemagne, où l'appelait un procès des plus importants.

Cette séparation, dans une telle circonstance, coûta plus d'un soupir à la jeune baronne; mais la naissance de son enfant vint l'arracher à la mélancolie qui semblait l'atteindre.

II

CLAIRE ET PAULINE.

Pourtant ce n'était pas ce qu'elle avait souhaité que le Ciel envoyait à Louise; car elle s'était associée, depuis son mariage, aux vœux de M. de Moncla pour obtenir un garçon, et c'était une fille qui leur arrivait.

Mais lorsqu'elle eut serré cette fille dans ses bras, lorsqu'elle eut pu surprendre dans les yeux de son enfant la première lueur d'intelligence, et sur ses lèvres le premier sourire, alors il n'y eut plus de regrets, plus de vœux déçus ; il n'y eut plus qu'un nouvel astre qui, se levant pour la jeune mère, rendit son ciel plus pur, le parfum de ses fleurs plus doux, les espérances de son avenir plus riantes, et qui doubla sa puissance d'affection.

Au reste, elle n'était pas seule à chérir sa petite Claire ; Mme de Sainval l'adorait, et prétendait (l'enfant avait à peine alors cinq semaines) qu'elle serait un jour la plus jolie femme et la plus spirituelle que l'on pût voir.

Tout allait à merveille, les jeunes femmes nourrissant, admirant leurs enfants, et les enfants pleurant ou riant tour à tour, mais toujours adorés, obéis, caressés, lorsqu'une lettre arriva, timbrée d'Allemagne, qui annonçait qu'à la suite de longues fatigues et d'inquiétudes résultant de son procès définitivement gagné, M. de Moncla voyait son existence menacée par une maladie des plus sérieuses, qui ne permettait pas qu'on pût le ramener dans sa famille.

Réveillée comme d'un songe par cette nouvelle, la jeune baronne sentit que retarder d'une heure son départ, c'était compromettre les jours de son mari ; et, comme les soins qu'allait réclamer M. de Moncla l'auraient détournée de ceux dont Claire avait besoin ; comme elle ne voulait pas non plus l'exposer à l'influence d'une maladie peut-être contagieuse, Louise se résigna à laisser sa fille à Thérèse, dont le lait ni les soins ne lui manqueraient pas, et, après avoir embrassé mille fois sa chère enfant, elle partit, accompagnée de Mme de Sainval.

III

SEPT MOIS D'ABSENCE.

Arrivée près de son mari, Louise trouva qu'on ne lui avait pas exagéré le mal, et que son état était des plus alarmants. Il fallut donc qu'elle et sa mère restassent clouées au chevet du malade, sans autre consolation que les lettres de Thérèse ou de son mari, qui les assuraient que la petite Claire se portait à ravir, et n'espérant, en ce qui touchait le baron, que dans un miracle qu'elles imploraient du Ciel.

Cinq mois durant, les choses allèrent ainsi, sans que la fièvre voulût céder, lorsqu'une crise survint qui pouvait emporter le baron, mais qui le sauva et fut pour lui comme le premier pas vers la santé.

Sa convalescence fut longue, mais puis-qu'il avait repris toute sa connaissance, puisqu'il remerciait Mme de Sainval et Louise d'un ton si pénétré et si heureux à la fois, la jeune baronne pouvait-elle être mieux qu'auprès de lui, fût-ce même à côté du berceau de leur chère enfant?

Il y avait sept mois accomplis que, se mettant en chemin pour rejoindre son époux mourant, Louise de Moncla avait fait cette même route, qu'elle reprenait à présent en sens inverse; mais combien, dans ces deux voyages, ses pensées étaient différentes!

A la fin de mars, on arriva en vue de la bienheureuse maison qui renfermait le trésor d'une mère; et là, Louise, s'appuyant au bras de son mari, s'en alla d'un pied furtif, par un chemin bien connu d'elle; puis ou-vrant doucement la porte d'une chambre à coucher, elle s'approcha d'un des petits berceaux qui étaient placés côte à côte, et en écarta le rideau.

La jeune baronne alors se trouva face à face avec le visage pâle, les yeux éteints, la bouche respirant à peine de ce qui avait été une charmante petite fille pleine de vie et de fraîcheur; et la malheureuse mère s'écria, en se tournant du côté de Mme Bernard, qui venait d'entrer : « Ah! Thérèse! comme tu m'as trompée! Car c'est là ma fille, n'est-ce pas? mon cœur me le dit. »

Pendant ce temps Thérèse fondait en larmes, et Mme de Sainval entrait, conpuite par l'intendant Bernard, qui, ayant entendu les derniers mots de la baronne, s'avança près d'elle et lui dit : « Non, votre cœur vous trompe; regardez dans l'autre berceau; c'est là qu'est votre enfant; le nôtre est condamné. »

En écoutant Bernard, en voyant sangloter Thérèse, Louise se reprocha ce qu'elle venait de dire; aussi embrassa-t-elle la pauvre mère, qu'elle essaya de consoler avant même d'aller ouvrir l'autre petit rideau; puis elle se tourna vers son enfant, qu'elle trouva grande, forte, rosée, avec de jolis yeux bleus remplis de douceur, et qui lui sourit tendrement, comme si elle eût compris que c'était là sa mère.

La joie qu'elle en ressentit, celle que laissaient paraître le père et l'aïeule, devaient être autant de coups de poignard pour les Bernard; le cœur de la baronne l'en avertit. « Allons-nous-en, dit-elle à son mari et à sa mère; notre chère nourrice a besoin de tranquillité; laissons-la avec ses enfants; et si mes soins, ceux d'une mère, pouvaient être utiles à Pauline, je suis prête à les lui donner, entends-tu, Thérèse? Pauvre femme! Et toi, ajouta-t-elle en s'approchant de la petite fille, qui dormait d'un sommeil fiévreux et agité; et toi, si le Ciel ne te prend pas, tu seras notre fille aussi, la compagne de notre Claire, la sœur de notre enfant chérie. »

Thérèse baisa la main qui s'appuyait au

bord du berceau, et y laissa tomber une
larme, tandis qu'un sanglot sorti de son
cœur semblait dire que cette promesse faite
à Pauline ne pourrait être réalisée, et que
la mort qui planait sur sa tête allait venir y
mettre obstacle.

Elle avait en effet le regard terne et sans
lumière, la bouche sans sourire, les joues
creusées, la respiration oppressée; et l'on
eût cru, en voyant la pauvre petite, que
chacun de ses jours était le dernier. Heureusement, le Ciel en avait ordonné autrement; après avoir été longtemps pen-
chée vers la tombe, elle se releva tout à
coup, comme une fleur courbée par l'ou-
ragan et qu'une rosée bienfaisante vient
ranimer.

Enfin le danger disparut; un léger in-
carnat s'étendit sur sa joue, ses regards
s'animèrent; la vie, presque totalement
éteinte, revint en elle, doucement d'abord,
ensuite à flots; de telle sorte qu'à deux

ans, les petites sœurs de lait, presque semblables par leur peau blanche, par leurs cheveux blonds soyeux, par leur grâce et leur gentillesse, l'étaient encore davantage par leur santé. Grâce à cet heureux changement, la maison des bords du Loiret entendit journellement les cris joyeux de ces deux petits êtres, qui s'ébattaient ainsi que font les oiseaux nouvellement sortis du nid.

IV

MÉLANCOLIE ET GAIETÉ.

Pendant les quatorze années qui suivirent le retour de Pauline à la vie, aucun changement n'était survenu dans la famille de M. de Moncla. Possesseur d'une grande fortune, livré à des travaux d'administra-

3*

tion et d'économie politique, M. de Moncla habitait sa villa pendant la belle saison, et chaque hiver le voyait revenir à Paris.

Accomplissant avec joie la promesse qu'elle avait faite sur le berceau de Pauline mourante, Louise donnait une large part de sa tendresse à sa jeune filleule, et lui faisait partager l'éducation à la fois 'solide et brillante que recevait sa fille. Contrairement aux usages d'alors, on n'avait pas mis Claire au couvent; une habile gouvernante la suivait dans toutes ses études pendant les jours passés à la campagne, et les meilleurs professeurs étaient appelés à lui donner leurs soins tandis qu'elle habitait Paris.

Tout allait donc au mieux, et si l'on avait acheté ce bonheur par bien des soucis, au moins y était-on arrivé.

Le printemps était survenu; les deux jeunes filles entraient dans leur quinzième année. Arrivées de Paris depuis peu de jours, elles se livraient à l'innocent plaisir de fouler les gazons fleuris, de poursuivre les papillons aux ailes de gaze.

« Tiens, dit un jour Claire, veux-tu parier qu'à l'instant même je te couvre de neige ?

— L'hiver prochain, je ne dis pas, répondit sa jeune compagne, mais aujourd'hui comment t'y prendrais-tu ?

— C'est bien facile, répondit l'autre ; et, en achevant ces mots, elle poussa doucement son amie au pied d'un amandier fleuri, puis secouant l'arbuste de toutes les forces de ses mains délicates : — Vois, lui dit-elle, t'ai-je menti ? Et en effet Pauline était toute couverte de cette neige parfumée.

— Folle que tu es, dit la fille de Bernard en haussant les épaules par un mouvement rempli de grâce, es-tu heureuse de rire toujours ainsi !

— Il ne tiendrait qu'à toi d'en faire autant, repartit Clotilde : n'as-tu pas quinze ans

comme moi ? A moins que la tristesse de ta
mère ne te gagne pourtant, car elle est à
présent moins gaie encore que l'an dernier.
Sais-tu pourquoi, ma bonne Pauline ?

— C'est quelque chose de bien grave et
de bien délicat que ce que tu me demandes
là; aussi je ne sais si je dois....

— Ah! tu as des secrets qui ne sont pas
pour moi : eh bien! garde-les, tes secrets;
mais tu ne sauras plus les miens !

— Que pourrais-je te dire? à tout ce que
je vois je ne comprends clairement qu'une
chose, c'est que ma mère n'est pas heureuse. Je l'ai surprise souvent les yeux en
pleurs; alors, croyant que mon assiduité
près de toi pouvait être la cause de sa tristesse, je lui ai demandé de revenir près
d'elle, de dormir sous son toit et non plus
sous le tien, bien certaine que la baronne
et toi vous y consentiriez, si son bonheur y
était attaché; mais elle m'a refusé avec
effroi, et s'est mise à pleurer si fort, que je
n'ai plus osé insister.

« — Ma bonne Pauline! ma pauvre sœur! sais-tu que c'est bien malheureux tout cela! Et tu ne te trompes pas; car, pour mon compte, j'ai remarqué que lorsque tu t'approches de ton père pour lui présenter ton front à baiser, ou lui prendre la main, il y a en lui une froideur, j'oserais même dire une répulsion qui me fait mal pour toi! Mais va, ajouta-t-elle d'une voix affectueuse, en lui jetant les bras autour du cou, ne te désole pas ainsi, on ne peut tout posséder en ce monde, et une amitié comme la nôtre est une compensation à bien des peines, n'est-ce pas, ma bonne Pauline?

— Aussi n'est-ce pas sur mon sort que je pleure, dit la jeune fille; mais qui peut voir souffrir sa mère sans se sentir le cœur navré? »

V

L'ABBÉ MAURICE.

Il y avait dans le village le plus voisin
de la maison de M. de Moncla un digne
pasteur que tout le monde aimait et véné-
rait. Admis depuis longtemps dans la maison, l'abbé Maurice s'était tour à tour réjoui
ou avait pleuré avec Mme de Sainval, suivant
les circonstances heureuses ou tristes au
milieu desquelles la famille de cette dame
avait vécu.

Bien venu auprès du baron, conseiller
des deux mères, et directeur de Claire et
de Pauline, il leur portait à l'une et à l'autre
un intérêt presque paternel, et rien n'était
plus doux au cœur du vieil abbé que de se
trouver dans cette maison, où chacun eût

pu faire sa confession tout haut et sans rougir. Mais cependant, comme rien n'échappe à l'œil clairvoyant qui est habitué à lire dans les cœurs, le bon curé voyait bien qu'il y avait en Thérèse quelque chose d'inquiet et de souffrant qui semblait craindre le grand jour. L'un devant l'autre les deux époux étaient contraints. Bernard, toujours sérieux, sombre souvent, d'une activité infatigable pour les intérêts de Mme de Sainval et de M. de Moncla, qui lui avait confié la gestion de ses biens, passait rarement une semaine au logis; mais, qu'il y fût ou non, Thérèse se refusait à toute espèce de rapports avec ceux qui l'entouraient, et se renfermait dans son intérieur, sous le prétexte équivoque de sa santé et de ses occupations.

« Savez-vous bien, Thérèse, lui dit un jour l'abbé Maurice, savez-vous que vous êtes bien sévère avec votre fille? Aussi s'afflige-t-elle profondément de la froideur que vous lui témoignez.

— Vous vous trompez, répliqua tristement Thérèse, Pauline ne s'afflige pas comme vous le supposez ; car ses affections ne sont pas ici.

— Je pardonne cette jalousie au cœur d'une mère, repartit l'abbé ; mais pourtant il faut être juste : ici vous repoussez votre enfant, là-bas on l'aime, et c'est pour cela....

— Ah ! je ne l'accuse pas, dit Thérèse, car tout est venu de ma faute, et je ne suis sa mère que pour lui avoir donné seulement mon lait... Qu'elle vive donc au milieu de cette famille qui est... qui doit être tout pour elle, puisque l'éducation, les habitudes, les sentiments, elle lui doit tout ! »

Les sanglots de Thérèse vinrent lui couper la voix, et l'abbé, après avoir essayé, mais vainement, d'obtenir plus de confiance, n'osa continuer cette conversation.

Cette scène laissa une impression profonde dans l'âme du digne prêtre; il y vit une nouvelle preuve de cette vérité, qu'il est presque toujours dangereux, et malheureux souvent, de donner une éducation et des goûts supérieurs à leur position aux enfants qu'on a mis au monde. Mais comme ici le mal était fait, et qu'il ne s'agissait plus que d'y trouver un remède, ce fut là ce que l'excellent homme se mit à méditer. Au reste, si l'abbé Maurice eût regardé plus attentivement autour de lui, il eût pu voir que le ménage Bernard n'était pas le seul dans lequel le chagrin se fût introduit, et que, de même qu'au cœur du plus beau fruit se trouve souvent un ver qui le ronge, de même la famille de Moncla, tout heureuse qu'elle paraissait être, avait aussi son ver rongeur.

Le mari de Louise était sans doute un tendre père, un époux affectueux; mais il y avait en lui, comme dans la plupart des hommes, cette source amère d'où s'écoule

incessamment le fiel qui naît des désirs non
satisfaits ; or ce qu'il avait le plus souhaité,
lui, c'était un fils qui pût porter dignement
son nom, dont il était fier.

Ce regret qu'il éprouvait, sa femme le
connaissait, et s'il ne manquait rien à son
cœur maternel, dès qu'elle voyait le baron
soucieux et découragé au milieu de cette
foule de travaux qu'il avait entrepris encore plus comme distraction que par utilité,
elle sentait bien que ce qui lui manquait
comme épouse, c'était de voir M. de Moncla
sinon content, du moins résigné.

Un an plus tard, tout avait bien changé
de face dans la maison des bords du Loiret;
il ne s'agissait pas moins que d'un double
mariage : l'un, celui de Claire de Moncla,
qui, en l'unissant à son cousin Ferdinand-
Stéphan de Moncla, lui permettrait de con-
server son nom, et remédierait par là au
chagrin qui poursuivait le baron depuis si
longtemps; l'autre, qui devait se faire entre

Pauline et un jeune homme appelé Georges
Dupont, attaché au baron, depuis quelques
mois, en qualité de secrétaire.

C'est ici le moment de dire comment ces
deux jeunes gens avaient été introduits dans
la famille de M. de Sainval. Recommandé
à l'abbé Maurice par un père mourant, qui
n'avait pu lui laisser pour tout héritage
qu'une excellente éducation et l'exemple de
ses vertus, Georges Dupont avait été le
sujet d'une conversation entre le bon curé
et le baron ; et celui-ci, en écoutant l'éloge
mérité de ce jeune homme, s'était senti pris
du désir de l'avoir auprès de lui en qualité
de secrétaire. Cela s'exécuta quelques jours
après.

Quant à Ferdinand, l'histoire de son in-
troduction au milieu d'une famille à laquelle
il appartenait était plus simple encore ; fils
unique d'un cousin germain du baron de
Moncla, lequel était mort au service dans
la guerre des Indes, il avait été confié tout

enfant à une vieille parente de sa mère qui habitait Pondichéry.

C'est à la mort de cette parente que, libre désormais de tous liens qui pussent le retenir sur l'autre continent, il était arrivé en France, n'ayant pour toute fortune que sa jeunesse, son nom, et plaçant sa seule espérance dans son courage, qu'il projetait de mettre au service du roi.

Ce fut dans cette disposition qu'il vint réclamer l'appui de son oncle, que son arrivée combla de la joie la plus vive; car celui-ci pensait être depuis longtemps le dernier survivant de sa famille, aucune lettre de l'Inde ne lui étant jamais parvenue pour lui dire que son neveu vivait encore.

Tout un long hiver s'était écoulé sans que les deux jeunes sœurs de lait se fussent vues. Pour la première fois depuis leur naissance, il leur avait fallu se séparer, Pauline étant restée à la maison des bords du Loiret

pour y soigner sa mère malade, tandis que
Claire avait dû suivre sa famille à Paris ; et
quelques rares et courts billets avaient seuls
été échangés entre elles.

« Mais, dit Mme de Livry en cet endroit
de son récit, je vois qu'il est fort tard :
allons vite nous coucher ; et si vous regret-
tez de ne pas entendre la fin de l'histoire
des sœurs de lait, je ne la ferai pas attendre, car je la reprendrai demain après
le café.... »

Heureux de cette promesse, et se dispen-
sant de toute réflexion à cause de l'heure,
chacun alla se livrer au repos.

Le lendemain, exacte à tenir sa promesse, Mme de Livry reprit ainsi le fil de
sa narration :

« Certainement, Madame, disait un jour
l'abbé Maurice à Mme de Sainval, nous avons
trouvé le meilleur moyen pour faire rentrer
Pauline dans les bonnes grâces de ses pa-

4

rents; car ce qui les froissait, j'en ai la cer-
titude, c'était surtout de voir vivre leur enfant dans une sphère trop au-dessus d'eux,
et ils en auguraient un attachement moins
grand, peut-être du dédain, qui sait? il en
est tant qui sont pervertis au point de mé-
priser leurs parents!

« — Oui, vous avez raison, dit Mme de
Sainval, et je m'en vais parler à ma fille,
pour qu'elle accélère le mariage qui sans
doute remettra Pauline dans les bonnes
grâces de sa famille. Pauvre enfant! que le
Ciel lui envoie du bonheur! car elle est si
douce, si pieuse, si bonne, si charmante,
que si ma Louise avait eu deux filles au
lieu d'une, je n'aurais pu lui en souhaiter
de plus aimable, ni de plus affectueuse,
ni de plus respectueuse que notre chère
Pauline. »

A la suite de cette conversation, la baronne de Moncla s'était chargée de demander aux époux Bernard si les projets d'union

qu'on formait pour Pauline leur paraissaient convenables, parce que dans ce cas on ferait adroitement expliquer Georges, afin de savoir de lui si la main de Pauline avec une dot de vingt mille francs que lui donnerait le baron, et la place de régisseur général des biens de sa famille, pourraient suffire à son ambition.

Dans cette circonstance, ainsi que dans tant d'autres, Thérèse et son mari ne montrèrent que de la froideur, et tous deux laissèrent la baronne maîtresse du sort de leur fille, sans s'inquiéter autrement du soin de son avenir.

Heureusement c'était une bien douce et bien bonne maîtresse que celle-là ; aussi interrogea-t-elle sa jeune filleule avec une bonté si encourageante, que la jeune fille trouva la hardiesse de lui dire l'éloignement presque invincible qu'elle se sentait pour un mariage qui ferait d'elle la femme de Georges Dupont.

En l'écoutant, la pauvre mère se sentit le cœur oppressé; car elle pensait à sa Claire bien-aimée, dont on forçait la volonté, dont on brisait tout l'avenir, par la raison qui aurait dû la rendre libre et heureuse, parce qu'elle était née l'unique enfant d'une famille noble et opulente.

Alors, comprenant à son attitude morne quelles étaient les réflexions de la baronne, Pauline se mit à genoux près d'elle, et se prit à pleurer, mais sans oser dire un seul mot : car elle savait trop bien que le baron avait une volonté d'autant plus inflexible qu'il croyait assurer le bonheur de sa fille en l'unissant à Ferdinand.

Juillet allait finir; le quinze août suivant était fixé pour le mariage de Claire et de son cousin; quant à l'union de Pauline et de Georges, d'après l'avis de la baronne, on y avait tout à fait renoncé.

Toujours aussi triste, mais plus calme; toujours souffrante, mais ayant toutes les apparences de la plus brillante santé, à cause de la fièvre qui ne la quittait plus, Mlle de Moncla venait de prendre le bras de Pauline pour faire une promenade.

Elles marchaient dans le parc, à l'aventure, respirant la fraîcheur du soir, lorsque Claire, s'arrêtant auprès d'un banc caché dans le taillis : « Comme on est bien ici ! dit-elle, asseyons-nous, veux-tu, Pauline? » et les deux jeunes sœurs s'assirent l'une près de l'autre.

« Lorsque tu seras mariée, dit Pauline, ce ne sera plus mon bras que tu prendras; un autre sera là, toujours là ! près de toi, et je serai de trop entre vous deux.

— De quel ton tu me dis cela! répliqua l'autre jeune fille en l'examinant avec attention; est-ce que tu trouves que ce serait un grand bonheur pour moi que cette assiduité de Ferdinand, d'un homme auquel je rends justice sans doute, mais que je

n'aime pas, que je ne saurais jamais aimer, et qu'on me force de prendre pour
mari?

— Qui sait si ce que disait le baron à
ta mère n'est pas vrai, et si une fois mariée
tu ne l'aimeras pas?

— Puisque tu penses qu'il en peut être
ainsi, pourquoi as-tu refusé d'épouser
Georges? » répondit Claire.

Pauline baissa les yeux et ne répondit
rien; mais se remettant bientôt d'une émotion qu'elle craignait de laisser voir à son
amie : « Claire, dit-elle en lui prenant la
main, si j'avais eu comme toi une mère,
un père affectueux dont je pusse acheter
la tranquillité, le bonheur, au prix dont tu
le paies, je n'aurais pas hésité un instant.
Malheureusement il n'en est pas ainsi! »

Comme la filleule de la baronne disait
ces mots, un soupir qu'elle crut entendre
derrière elle lui fit tourner la tête : c'était

Thérèse, c'était sa mère, qui les regardait toutes deux et pleurait silencieusement.

« Vous vous plaignez de moi, Pauline, vous soupçonnez mon cœur...... ah ! vous avez raison, dit-elle d'un ton désespéré ; qui pourra réparer tout le mal que j'ai fait ?

— Vous n'avez rien à réparer, si vous m'aimez, reprit Pauline avec tendresse, en se jetant aux genoux de Thérèse ; mais je suis injuste, n'est-ce pas, ma mère? et dans votre cœur qui s'ouvre pour moi, il y a toujours eu de l'amour, mais un amour qui n'osait se montrer. Ah ! n'est-ce pas que c'est cela?

— O mon Dieu ! s'écria Thérèse en sanglotant, comptez ce que j'ai souffert, voyez ce que je souffre, et pardonnez-moi !

— Oh ! oui, mon Dieu ! pardonnez-lui, si elle en a besoin, et à nous aussi ! dit Claire en s'agenouillant près de Pauline ;

car nous ne sommes pas heureuses non
plus, ma bonne Thérèse ! »

Thérèse couvrit ses yeux de ses deux
mains, et ne répondit pas.

« Hé quoi ! dit Claire d'un ton pénétré,
nous sommes là, toutes deux près de toi,
ma sœur et moi, tes deux enfants ; car je
suis ton enfant aussi, n'est-ce pas, Thérèse ?
et tu ne trouves pas une parole d'amitié,
pas un mot de consolation ! depuis si longtemps que tu nous évites, que tu ne sors
plus de chez toi, que tu ne te sens plus le
besoin de voir cette petite Claire que tu as
nourrie de ton lait et qui t'aime tant ! Sais-
tu ce qui lui arrive, au moins ! Pauline
t'a-t-elle dit qu'on me sacrifie, qu'on force
ma volonté, mon cœur ? N'est-ce pas que
c'est bien cruel, à dix-sept ans, quand on a
toute une longue vie devant soi qui pourrait
être heureuse ?

— Ah ! murmura Thérèse, si j'en pou-
vais mourir, au moins !

— Mourir! continua Claire en secouant tristement la tête, non, non, on ne meurt pas de chagrin; autrement serais-je encore là, moi qui ai tant pleuré et passé de si tristes jours? Vois plutôt comme je suis changée! »

Thérèse laissa retomber ses mains tremblantes; le doux visage de Claire était auprès du sien; apaisée un moment par la fraîcheur du soir et par ce bien-être qu'on trouve à épancher son cœur, la fièvre ne brûlait plus le front attristé de la jeune fille; mais il n'y avait plus de gaieté dans son sourire, plus d'éclairs dans ses yeux, plus de vivacité dans sa physionomie, plus rien enfin de ce qui fait la jeunesse brillante et enviée, tout cela avait disparû pour faire place à une pâleur complète, aux traces profondes d'une douleur résignée.

« Claire! ma Claire, mon enfant, ma fille! s'écria Thérèse en l'attirant sur sa poitrine par un mouvement passionné.

— Ah! si j'étais réellement ta fille, tu ne voudrais pas mon malheur, toi; et j'en étais bien sûre que tu m'aimais toujours! » Thérèse paraissait près de défaillir, elle retenait Claire embrassée, un combat violent se livrait en elle. Pauline, restée à ses genoux, était presque aussi pâle que son amie, et fixait sur sa mère un regard observateur, où se peignaient de douloureux reproches. Blessée dans sa fierté et dans son cœur, elle attendait un mot, une caresse, qui ne devaient pas arriver. Ce fut alors que Claire la regardant, et devinant d'un seul coup d'œil ce qui se passait dans son âme, se pencha vers elle, et, l'enlaçant d'un de ses bras, chercha à attirer le front de la jeune fille sous les lèvres muettes de Thérèse Bernard.

« Et celle-ci, dit-elle, ne lui diras-tu rien? »

Thérèse fit un mouvement d'effroi en voyant le regard profond de Pauline qui semblait lire dans son âme.

« C'est inutile, dit la triste sœur de Claire en se dégageant. Il est de malheureuses destinées, la mienne est ainsi faite : la tendresse d'un père, les baisers d'une mère, tout m'a manqué ! Ah ! pour que vous m'ayez ainsi condamnée au berceau, que vous avais-je fait, mon Dieu ? »

En écoutant ce reproche si cruel et si mérité, Thérèse se leva comme poussée par un mouvement machinal.

« Viens avec moi, dit-elle à Claire, qu'elle retenait d'un air égaré, viens avec moi ! Et vous, pardon... » dit-elle à sa fille en s'approchant d'elle ; mais dans le même instant, et pareille à un corps frappé de la foudre, elle tomba sur la terre de toute sa hauteur, sans que ni l'une ni l'autre des deux jeunes filles eussent le temps de la retenir.

Huit jours s'étaient passés ; Claire, inquiète de son amie, avait cent fois demandé à aller voir, à soigner Thérèse avec elle ;

mais le baron, qui commençait à se tourmenter de l'état maladif de sa fille, s'était nettement exprimé sur ce sujet, et ne voulait pas qu'elle allât chercher au chevet de Thérèse un nouvel aliment à la tristesse dont il la voyait atteinte.

La baronne seule allait donc visiter Pauline; car de tout ce que lui avait raconté Claire, elle concluait que sa jeune filleule était bien loin d'être heureuse.

Au milieu de ces événements il y en avait un autre plus simple, et dont l'abbé Maurice seul avait le secret. C'était le prochain départ de Georges Dupont, lequel, après avoir peint au baron toute la reconnaissance dont il était pénétré pour ses bontés, lui avait déclaré ne pouvoir rester auprès de lui que jusqu'à la fin de la semaine suivante.

En vain M. de Moncla, qui l'aimait, avait-il cherché à le retenir par les offres les plus honorables et les promesses les plus brillantes : le jeune secrétaire lui avait laissé voir une profonde émotion, un attachement sincère : mais il était resté inébranlable dans sa résolution, que l'abbé Maurice approuvait, avait-il ajouté. Pour celui-ci, sans prendre jamais un instant de repos, il accomplissait les devoirs que lui imposait son pieux sacerdoce : puis il revenait en toute hâte auprès du ménage Bernard, pressentant que bientôt, de façon ou d'autre, ses consolations ou son ministère allaient lui devenir utiles.

Tout contribuait donc à rendre plus triste la maison des bords du Loiret, et M. de Moncla désirait vivement voir s'écouler les jours ; car le jeudi suivant devait lui ramener son neveu Ferdinand, absent depuis une quinzaine pour de graves intérêts.

Le matin de ce jeudi-là, Mme de Sainval avait fait inviter le pasteur à dîner ; mais le bon abbé s'en était excusé, sa journée

étant prise chez les Bernard. Et la femme
de chambre chargée de cette commission
vint dire en même temps qu'ayant passé
près du logis de l'intendant, elle y avait vu
faire les apprêts d'un départ, ce qui était
surprenant, puisque Thérèse était toujours gravement malade. Tourmentée par
cette nouvelle que lui donna Mme de Sainval, Claire aurait bien voulu s'esquiver un
instant pour aller embrasser Pauline; mais,
d'une part, elle ne l'osait pas, dans la
crainte de fâcher son père; et de l'autre,
elle était retenue par une pluie des plus
violentes qui tombait depuis le matin, et
qui rendait impraticables toutes les allées
du parc.

Le repas étant terminé, on venait d'entrer au salon. Appuyée contre une fenêtre,
Mlle de Moncla jetait les yeux sur une campagne que nul chant d'oiseau n'égayait, que
n'éclairait nul rayon de soleil, mais qui
pourtant était moins triste qu'elle-même,
lorsque son cousin s'approchant :

« Claire, lui dit-il, à quoi pensez-vous là? puis-je le savoir, et voulez-vous le dire à votre ami?

— Que vous importe? répondit-elle; si vous en étiez vraiment soucieux, vous l'auriez déjà deviné.

— Ainsi ai-je fait, chère cousine; et voulez-vous que je vous le dise, moi, à quoi vous pensez?

— D'abord, dit-elle en rougissant, je pense que vous êtes discret, et.....

— Vous pourrez en être sûre quand vous saurez que j'ai tout vu, tout compris, que j'ai agi en conséquence, et que je veux vous rendre la liberté. »

Un rayon de joie vint éclairer le regard de la jeune fille; mais retombant aussitôt dans son abattement: « Ce serait seulement un chagrin pour mon père, dit-elle; et quant à moi, à quoi pourrait-elle me servir cette liberté que vous m'offrez?

— Je pensais être heureux, dit Ferdinand; n'aurais-je été que maladroit? me serais-je trompé? soyez sincère, dites-le-moi.

— Vous ne vous êtes pas trompé, répliqua-t-elle en rougissant : c'est comme un frère que je vous aime, seulement comme un frère; mais, encore une fois, le baron.....

— Laissez-moi faire, vous dis-je, chère cousine, et je vous le répéte, vous serez libre; je vais dire à mon oncle que vous me haïssez, que.....

— Oh! ne faites pas cela, dit Claire; car, plutôt que d'affliger mon père et de l'irriter contre moi, j'aimerais mieux cent fois.....

— M'épouser, n'est-ce pas? repartit Ferdinand avec un demi-sourire. Soyez tranquille; vous n'en arriverez pas, je l'espère, à cette extrémité.

— O mon Dieu! s'écria tout à coup

Mlle de Moncla, regardez donc l'abbé Maurice, comme il a l'air désespéré! Pourvu qu'il ne soit rien arrivé à Pauline!

— Pauline! répéta Ferdinand d'un air pénétré. Ah! le Ciel doit veiller sur elle, car c'est un ange.

— Si M. le baron le permet, vous allez me suivre un instant, dit le vieux prêtre en s'adressant à la jeune fille, et sans même s'apercevoir de l'étonnement qu'il causait.

— Claire ne peut qu'être bien avec vous, mon cher abbé, dit M. de Moncla : mais je ne comprends pas que par une pluie pareille.....

— Le temps presse, reprit l'abbé, laissez-la venir au plus vite; l'en empêcher serait une mauvaise action; ma parole vous suffit-elle ?

— Ah! Thérèse se meurt, dit la baronne, courons.....

— Restez, dit le vieux prêtre avec autorité ; Thérèse est mieux. » Puis s'emparant de la main de Claire : « Venez, mon enfant, lui dit-il, c'est de vous seule qu'on a besoin ; venez où la volonté de Dieu vous appelle. »

Alors l'abbé Maurice entraîna doucement Claire incertaine, tandis que tous les assistants de cette scène restaient dans l'attente d'un événement que personne ne devinait.

Une demi-heure se passa dans l'anxiété ; tout le monde avait quitté le salon et attendait au jardin. L'abbé Maurice revint enfin, il donnait la main à Pauline, on voyait qu'ils avaient pleuré.

« Qu'avez-vous fait de Claire ? » demanda le baron ; et comme le vieil abbé semblait n'oser répondre : « Ma fille ! où est ma fille ! s'écria la baronne hors d'elle-même.

— La voici, dit le vieil abbé en lui montrant Pauline, qui, vaincue par son émotion et s'affaissant sur elle-même, vint tomber privée de sentiment aux pieds de Mme de Sainval. »

Tout le monde alors l'entoura et lui donna des soins sans rien comprendre à cet événement, tandis que la baronne se levait, guidée par une pensée unique, pour aller chercher sa fille.

Mais l'abbé Maurice l'arrêta, et l'emmenant près de Pauline :

« Il n'y a plus au monde pour vous de Claire que celle-ci, dit-il. L'autre, que vous avez aimée longtemps et qui vous aimera toujours, est la fille des Bernard.

« Effrayés de votre douleur lorsqu'à votre retour d'Allemagne vous avez vu votre fille mourante, ne sachant que faire ni que résoudre, le père et la mère de Pauline vous ont trompés; et comme la maladie de votre enfant se prolongeait, comme chaque jour paraissait devoir être le dernier pour elle, ils vous ont laissé votre erreur, et n'ont

osé avouer leur mensonge ; car ils crai-
gnaient également votre colère et votre désespoir. Pardonnez-leur comme chrétienne ;
comme mère pleurez sur eux, car ils ont
bien souffert : le Ciel les a punis ; et maintenant l'un est parti, l'autre se meurt.

— Ah ! que dites-vous là ? s'écria la baronne : Pauline serait ma fille ! Mais Claire !
ma pauvre Claire ! qu'en avez-vous fait ? où
est-elle ?

— Elle est au chevet de sa mère. »

La baronne était terrifiée ; devant cette
fille aimable et belle que lui rendait le Ciel,
et qu'elle avait si peu d'efforts à faire pour
aimer comme son enfant, elle se demandait
avec angoisse ce qu'allait devenir la pauvre
Claire, celle qu'elle avait chérie jusqu'à
cette heure, dont les parents pouvaient dis-
poser à leur gré, et dont l'image, si longtemps caressée, était entrée trop avant dans
son âme pour qu'elle pût l'en arracher jamais.

Quant au baron, immobile et muet, il semblait être le jouet d'un songe, et regardait alternativement sa femme et sa fille, mais sans pouvoir assembler deux idées ni prononcer un mot.

« Qu'est devenu Bernard ? demandat-il enfin presque machinalement au vieil abbé.

— Bernard s'est fait justice. Il s'est exilé de ces lieux, où son mensonge devait apporter tant de trouble; et s'il y revient, ce ne sera qu'après avoir mérité le pardon du Ciel par un long repentir.

— Le malheureux! dit M. de Moncla, abandonner son pays, sa famille, et partir seul, sans un ami, sans consolation !

— Sans un ami, mais non pas sans consolation, dit le vieillard. Pour la première fois depuis quinze ans, il a osé être père; votre Claire vient de recevoir son baiser d'adieu ! »

Ce nom prononcé par l'abbé Maurice

acheva de tirer Pauline de son évanouisse-
ment et la baronne de sa stupeur. « Oh !
oui, dit-elle en se tournant vers son mari,
ce sera toujours notre second enfant, car
nousen aurons deux à partir d'aujourd'hui.
N'est-ce pas, Pauline? n'est-ce pas, ma fille? »
Et en disant cela, Louise de Moncla ouvrit
ses bras à Pauline éplorée.

« Ah ! dit celle-ci en s'y précipitant,
n'en a-t-il pas toujours été ainsi? et n'ai-je
pas toujours trouvé en vous une mère? »

Moins de deux mois après, rayonnante
de joie et d'orgueil, Mme de Moncla voyait
se réaliser un des plus beaux rêves de sa
vie.

Au même autel, Claire de Moncla, celle
qu'on avait appelée si longtemps Pauline,
donnait sa main au neveu du baron, tandis
qu'à ses côtés la Claire d'autrefois, la Pauline d'aujourd'hui, la fille des Bernard, recevait la foi de Georges Dupont.

Pendant les premiers jours qui suivirent

le départ de l'intendant, le baron avait cru ces mariages impossibles; mais il avait été convaincu du contraire par le vertueux abbé Maurice, qui, sans trahir le secret de la confession, lui avait dit l'amour de Ferdinand pour celle qu'il supposait pauvre et obscure, et la passion timide et discrète de son jeune protégé, Georges Dupont, lequel, croyant aimer une jeune fille noble et riche, fuyait pour ne pas voir son mariage avec un autre.

« Mais, lui avait demandé le baron soucieux, les jeunes filles seront-elles contentes de cet arrangement?

— Oui, répondit le digne pasteur, l'une se sacrifiait par respect pour votre volonté; l'autre regardait presque comme un crime une affection innocente qui maintenant va devenir légitime : ainsi, vous le voyez, monsieur le baron, le Ciel a tout fait pour le mieux.

— Alors, et pour l'en remercier, mon

cher abbé, faites savoir à Bernard que nous lui pardonnons, que Thérèse l'attend, et que nous ne saurions être heureux si sa fille, qui fut la nôtre, avait au cœur quelque amertume. »

Comme les jeunes filles se disposaient à exprimer à Mme de Livry de quelle émotion elles s'étaient senties pénétrées en écoutant la fin de cette histoire touchante, Justine vint annoncer la visite de Mme d'Hervilly, une de leurs voisines de campagne. Mme d'Hervilly était la mère des trois jeunes garçons camarades de classe et compagnons ordinaires de jeux d'Edmond de Livry.

Arrivée seulement de la veille dans sa maison, qui était une des plus jolies habitations de Villeneuve-Saint-Georges, elle venait prier Mme de Livry de l'aider de ses bons conseils au sujet d'une fête qu'elle voulait improviser pour le lendemain, car le lendemain était le jour de naissance de M. d'Hervilly.

Des fils de Mme d'Hervilly, qui l'avaient accompagnée chez Mme de Livry, l'aîné se nommait Eugène; le second, Charles; le troisième, Théophile. Deux de leurs cousins venus avec eux étaient à peu près de leur âge, c'est-à-dire que les plus vieux avaient seize ans au plus. Les cadets n'en avaient pas moins de treize : c'était comme une petite armée.

Lorsque toute cette jeunesse fut réunie, divers plans furent proposés. Les uns voulaient un feu d'artifice; d'autres, un splendide festin; d'autres, un bal. Ces différentes idées, soumises aux mamans, furent rejetées par elles : le feu d'artifice durait trop peu; le dîner était plus une nécessité qu'un plaisir; le bal en était un auquel M. d'Hervilly ne pouvait prendre part.

« Pourtant il serait utile de vous décider, et bien vite encore, dit Mme de Nogues, car demain sera promptement arrivé.

— Moins vite qu'une idée, dit Juliette en prenant un air capable.

4*

— A propos, fit Mme de Livry en regardant la petite fille, Juliette qui n'a rien dit encore ! quel avis Mademoiselle daignera-t-elle nous donner ?

— Le meilleur de tous, j'en suis sûre ; seulement il est impossible de l'exécuter, chère maman, car j'aurais voulu qu'on apprît et qu'on représentât une jolie petite pièce à couplets dans laquelle ma sœur et moi, Edmond et Célestine, et tous les petits d'Hervilly, nous aurions eu chacun un rôle. Malheureusement nous n'avons point ici de faiseurs de vaudevilles, et nous ne voudrions ni les uns ni les autres jouer des vieilleries, ajouta-t-elle avec une petite moue dédaigneuse.

— Qu'en sais-tu si nous n'avons pas ici des vaudevillistes ? dit Mme de Livry en souriant du ton avec lequel Juliette avait prononcé ces mots : « Les petits d'Hervilly ! »

— Comment ! s'écrièrent à la fois toutes

ces voix argentines, nous pourrions monter une comédie, un vaudeville? Ah! ce serait charmant!

— Écoutez, répondit Mme de Livry : mon projet était de vous faire jouer cet hiver une petite féerie que j'ai composée pour vous et que j'ai intitulée : *La Rose d'Or et le Génie Bleu.*

« Si vous vous croyez assez de mémoire pour apprendre vos rôles d'ici à demain soir, Mme d'Hervilly et moi nous préparerons les costumes, et demain, les invitations faites et le salon de Mme d'Hervilly transformé en salle de théâtre à l'aide de quelques draperies et de deux ou trois paravents, nous pourrons voir comment vous vous en tirerez. »

Il y eut là un hourra général. Depuis longtemps la pièce de Mme de Livry était faite, elle en avait copié les rôles séparément, en sorte qu'une fois qu'ils furent distribués, il n'y eut plus qu'à les apprendre.

Pour ce qu'on appelle *comparses* dans les théâtres, c'est-à-dire le menu peuple, les danseurs, les soldats, Justine se chargea de recruter une douzaine de jeunes paysans et paysannes, qui danseraient, s'il y avait lieu, qui se feraient de belles moustaches avec du bouchon brûlé pour se donner l'air guerrier, et qui ne feraient pas une seule faute contre le langage, attendu qu'ils n'auraient rien à dire.

Toutes choses ainsi réglées, les costumes se firent comme par enchantement; la bonne grand'mère de Célestine voulut même y travailler.

Des domestiques intelligents préparèrent le salon, tendirent les draperies, recouvrirent d'un vieux tapis une table aux pieds vermoulus dont on avait besoin. Deux cavaliers en congé prêtèrent leur casque et leur cuirasse, à la charge de les admettre parmi les spectateurs.

Enfin, on combina les choses de telle

sorte que, — triomphe de l'art ! — on s'assura d'un changement à vue.

Huit à dix bons paysans, quelques voisins de campagne avec leurs familles, les gens de la maison, en y comprenant la mère Babet et le père Babet (c'étaient les jardiniers), complétèrent un auditoire de cinquante personnes environ, devant lesquelles le rideau se leva à sept heures précises du soir, le 24 septembre 184..., au milieu d'un tonnerre d'applaudissements, qui fut suivi du plus profond, du plus complet recueillement.

La pièce finie, l'auteur et les acteurs furent amplement complimentés ; plusieurs d'entre ces derniers s'étaient montrés remplis d'intelligence et pourvus d'une gaieté, d'un entrain, qu'on ne trouve pas toujours sur les grands théâtres. Pour Juliette, elle avait été pleine d'esprit, de grâce et de malice, dans le rôle du petit bossu. Ce fut donc une heureuse soirée pour toute cette jeunesse, une soirée de plaisir et de franc rire pour les spectateurs.

Mais comme il faut qu'en ce monde tout finisse, les bons comme les mauvais jours, le lendemain vit le départ des deux familles, et les enfants se remirent peu après au travail avec la même ardeur qu'ils avaient montrée pour le jeu ; car c'était la seule manière dont ils pussent remercier et récompenser leurs parents des agréables distractions que ceux-ci leur avaient procurées.

FIN

TABLE

—

Tours. — Impr. Mame.

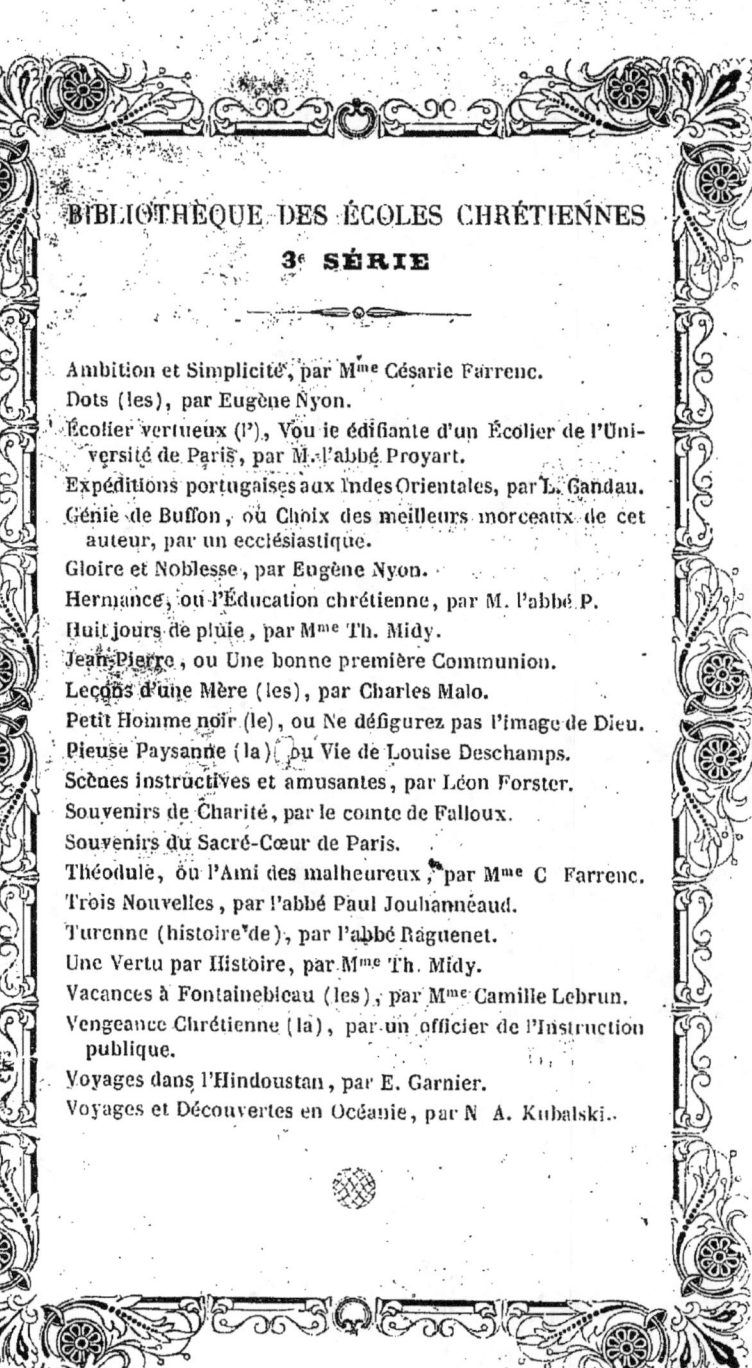

BIBLIOTHÈQUE DES ÉCOLES CHRÉTIENNES
3e SÉRIE

www.ingramcontent.com/pod-product-compliance
Lightning Source LLC
Chambersburg PA
CBHW071232260626
47162CB00004B/1528